Robespierre

APERÇUS

SUR LA

Révolution Française

OUVRAGES DU MÊME AUTEUR

En vente à la Librairie Dentu, Palais-Royal
(Galerie d'Orléans)

LES PREMIERS BAISERS, poésies (2ᵉ édition). Magnifique
    volume sur papier de Chine. . . . . 3 fr. »
LES BEAUX JOURS D'UN POÈTE, étude parisienne
    (2ᵉ édition). . . . . I »
LA ROCHE TARPÉIENNE ou LETTRE SUR LE
    GAMBETTISME. Une forte brochure . . . . . » 50
GAMBETTA DEVANT LA JUSTICE DU PEUPLE. Une
    forte brochure (6ᵉ édition). . . . . » 50
LES ALLURES VIRILES, poésie et prose. Édition de
    luxe (2ᵉ édition). 1 vol. . . . . 3 »

POUR PARAÎTRE PROCHAINEMENT

LES CHANTS D'UN ROSEAU, poésies.

SŒUR MARIE LA BLANCHE, roman de mœurs contempo-
    raines.

L'AMI ADORÉ, étude parisienne.

LA DÉCADENCE, drame antique en cinq actes, en vers.

Robespierre

APERÇUS

SUR LA

Révolution Française

PARIS

E. DENTU, LIBRAIRE-ÉDITEUR

15, 17, 19, PALAIS-ROYAL (GALERIE D'ORLÉANS), 15, 17, 19

1882

DÉDICACE

A tous les nobles cœurs, que ta soif, ô Justice,
Incessamment dévore et pousse à l'action ;
A tous ceux qui, pour toi, descendent dans la lice,
Et font de ta beauté leur consolation !

A ceux qui n'ont courbé le front devant personne,
Qui sont restés debout invariablement,
Et qui, sachant que l'or amollit, empoisonne,
Ont préféré l'orgueil et vécu simplement !

A ceux qui n'ont jamais trahi la foi jurée ;
Qui n'ont jamais cherché la popularité,
Pour pouvoir se ruer plus tard à la curée,
Et, sous leurs pieds hideux, fouler la liberté !

A ceux qui sont saisis d'une sombre colère,
Et qui sont indignés en voyant travestir
L'honneur de la Patrie, et le flot populaire
Respecter des abus qu'il devrait engloutir !

A ceux dont l'apostrophe est surtout courageuse ;
Qui proclament très haut ce qu'on pense tout bas ;
Qui savent, dans son crime et dans sa nuit fangeuse,
Flétrir un vil tyran, s'acharner à ses pas !

A ceux dont la jeunesse est rebelle à l'entrave,
Et promet, sans mentir, de viriles fiertés ;
A ceux dont le regard méprise en face et brave
Les lâches courtisans bassement achetés !

A ceux dont la pensée a conçu l'harmonie
Du droit et du devoir ; dont la froide raison
Aux généreux desseins est fortement unie,
Et pour tous entreprend d'élargir l'horizon !

Aux redresseurs de torts qui montrent leur courage,
Confondent les rhéteurs, disent la vérité ;
Aux poètes ardents que révolte l'outrage
Fait à la Muse, à l'Art, fait à l'Humanité !

A vous qui saluez les grands morts de l'Histoire,
Et vengez de l'oubli les justes méconnus ;
A vous qui préparez le long réquisitoire
Des apostats riant et des sots parvenus !

A vous qui conservez le chapeau sur la tête
Devant ceux que révère un troupeau de flatteurs ;
A vous dont la pâleur inquiète la fête
Où viennent s'étourdir les faux triomphateurs !

Ce livre est dédié, ces pages sont offertes !
— En les lisant parfois, puissiez-vous un moment
Oublier le tableau des misères souffertes,
Et de plus heureux jours sentir l'avènement !

HIPPOLYTE BUFFENOIR.

Paris, Janvier 1882.

PREMIÈRE PARTIE

SYNTHÈSE

DE

La Vie de Robespierre

Robespierre

APERÇUS
SUR LA RÉVOLUTION FRANÇAISE

PREMIÈRE PARTIE

Synthèse de la Vie de Robespierre

I

UN SOUVENIR D'ENFANCE — UN ÉVÊQUE

En même temps qu'elle est pour le citoyen l'affirmation du droit éternel, la Révolution est une épopée pour le littérateur. Toutes les passions qui agitent le cœur de l'homme s'y sont manifestées, surtout les passions de l'intelligence, du cerveau.

Un monde tombe en poussière. A sa place, surgit

l'ère nouvelle. Les démolisseurs s'appellent Mirabeau, Danton, Marat, Hébert, Vergniaud, Saint-Just, pour ne citer que les principaux. Les dominant tous, commençant sa tâche dès la première heure, et quittant le dernier le champ de bataille, apparaît un homme à la silhouette pâle :

ROBESPIERRE !

*
* *

J'avais treize ans. Je commençais mes études latines et grecques. Le collège où j'étais entré comptait près de trois cents élèves. Un jour, un dimanche de printemps, l'évêque du diocèse vint nous voir en grande cérémonie. Je l'aperçois encore traversant solennellement la chapelle, ganté de violet, portant d'une main sa crosse dorée, et de l'autre distribuant des bénédictions à droite et à gauche; grave sous son manteau d'hermine, suivi de ses vicaires généraux, de ses chanoines, de ses secrétaires.

Un valet, en habit et en cravate blanche, soutenait par derrière, avec quelque grâce, la queue traînante de la soutane violette, et on pouvait voir les bas rouges et les souliers à boucles d'argent du prélat.

Les tribunes étaient remplies de monde : pères, mères, sœurs, cousines des élèves; beaucoup de femmes.

L'évêque adressa à l'auditoire attentif, aux trois cents jeunes gens qui étaient là, un long sermon, ou plutôt un discours sur la chasteté. Il parlait depuis une bonne heure, citant et commentant l'Écriture, les Pères, les Docteurs de l'Église. Il allait achever. Tout à coup, il s'arrête, comme se ravisant, et dit ces paroles : « La chasteté!... J'oubliais une autorité non suspecte en cette matière, une autorité qui n'est pas des nôtres; — l'autorité d'un homme qui a sapé le trône et l'autel; — qui a perverti son siècle par de licencieuses peintures et d'effroyables doctrines sociales; — qui a commencé la Révolution dans les esprits par des livres corrupteurs; — l'autorité de celui qui a écrit le *Contrat social*, de Jean-Jacques Rousseau enfin, le maître célèbre de ce disciple non moins fameux... »

L'évêque à ces mots eut un moment d'hésitation. L'auditoire écoutait au milieu d'un silence de mort. Avec mon imagination d'enfant, j'étais comme terrifié. L'évêque, qui, certes, possédait de grandes qualités oratoires, avait prononcé sa dernière phrase d'une voix et avec un geste tragiques.

Il reprit bientôt, et termina sa période ainsi d'un ton solennel : « ... De ce disciple non moins pervers qui s'appelle Robespierre. »

Il cita ensuite de mémoire un passage de Rousseau sur la chasteté : il se plut même à en faire remarquer la beauté de style et de pensée.

L'émotion que je ressentis alors est indéfinissable. Ces deux noms de Rousseau et de Robespierre, et cette citation, jetés de cette façon devant moi dans un religieux silence, au milieu de l'odeur pénétrante de l'encens et des fleurs, par un vieillard grave, lettré, mystérieux à mes yeux d'enfant; parlant avec le sentiment de l'autorité et une teinte de dédain pour ceux qui l'entouraient; ces deux noms, dis-je, que j'entendais pour la première fois sérieusement dans ma vie, s'imprimèrent en caractères de granit dans ma mémoire. Et, chose étrange, à l'instant même, une secrète sympathie pour eux naquit en moi de l'anathème de l'évêque.

Et, conséquence non moins étrange de l'oscillation des affections, je reportai sur l'Écriture, les Pères et les Docteurs de l'Église, et sur le prélat lui-même, la haine qu'il voulait nous inspirer pour Rousseau et Robespierre.

Mon premier soin, à la suite de ce discours épiscopal, fut de me procurer l'*Émile,* le *Contrat social* et une histoire de la Révolution française. J'y compris évidemment peu de chose. Comment juge-t-on à treize ans? Mais j'ose dire que le grain révolutionnaire n'était pas tombé sur une terre stérile.

*
* *

Tu ne pensais guère, sans doute, ô évêque, à la révolution morale que tu fis éclater dans mon âme, avec ta prosopopée et ta chaste citation! Peut-être, je ne fus pas le seul à me défier de tes paroles.

J'admire vraiment comment la vérité triomphe de l'erreur, et la liberté de l'esclavage, quand elles s'a-

dressent à une nature vierge de préjugés, et faite pour
la vie !

II

LES VERTUS DE ROBESPIERRE

Vouloir reprendre, à l'époque où nous vivons, le
rôle de Robespierre, serait la plus ridicule des folies.
On ne recommence pas l'histoire, et c'est le propre
de la médiocrité de contrefaire les grands hommes.

Considéré à l'époque où il a vécu, il est et il restera, malgré ses détracteurs, une des plus pures gloires
de la République et de la Révolution.

Il eut tort, s'il envoya à l'échafaud Danton,
Hébert et leurs amis. La vérité et la justice ne
trouvent pas leur incarnation adéquate dans un seul
homme, si parfait qu'il soit. Mais peut-on dire qu'il
fut l'auteur de la mort des Dantonistes et des Hébert-
tistes ? Grave problème, et question discutée.

Il eut tort avec sa conception de l'Être suprême,
et l'éclat qu'il fit donner à la fête célèbre où il trouva
l'abîme à côté du triomphe.

Le droit est mathématique. On conçoit qu'il puisse
être imposé en certains cas. La religion, quelle qu'elle
soit, est un sentiment. Forcez donc à vous aimer une

femme qui vous déteste! Vous pourrez en faire une esclave; mais l'esclavage est-il l'amour?

La conception gouvernementale de Robespierre ne peut pas être la nôtre aujourd'hui. L'idée a marché depuis 93. Proudhon a passé sur le siècle; et le programme de la Commune de Paris est un monument historique. Nous les avons lus.

Ces réserves faites, disons ce qui ennoblit Robespierre aux yeux du juge impartial.

C'est d'abord sa pauvreté et son existence simple chez le menuisier Duplay. Celui qui s'enrichit dans la vie publique ne sera jamais notre ami. Ce n'est pas pour arrondir sa fortune que le peuple confie un mandat à un citoyen. Nous pensons que l'homme public qui s'occupe avec conscience des affaires de la patrie, qui remplit son devoir sans négligence comme sans faux zèle, ne peut trouver le temps de se livrer à l'agiotage, aux spéculations de l'argent.

D'ailleurs, en eût-il le temps, il n'en a pas le droit. Il appartient à ses mandataires, et il est ou doit être suffisamment rétribué par eux.

Robespierre entra pauvre dans la Révolution. Quand il mourut, on trouva chez lui la somme de sept francs et différents mandats d'indemnité de député, remontant jusqu'à l'Assemblée constituante, et qu'il avait négligé de toucher.

Robespierre partageait les repas de la famille Duplay, assistait quelquefois aux représentations classiques du Théâtre-Français, s'entretenait familièrement avec ses hôtes, et allait, à de rares intervalles, se promener dans les environs de Paris.

En dehors de là, tout son temps était consacré aux affaires publiques. Les assemblées, les comités, les clubs, les délibérations de tout genre, l'absorbaient incessamment. Il dormait peu : il était bien forcé de prendre sur son sommeil le temps nécessaire à l'élaboration de ses discours, qu'il soignait beaucoup, et aux travaux préparatoires de toute sorte qu'exigeait le salut public.

*
* *

Cette vie de travail, au sein de la pauvreté, est d'une éloquence que rien n'égale. Le peuple ne peut qu'admirer et aimer ceux qui la partagent avec lui, et la préfèrent aux richesses.

Si Robespierre acquit et exerça une si grande influence sur son époque, il faut évidemment, avec une juste mesure, en chercher le secret dans son amour de la simplicité, dans l'austérité de ses mœurs, dans la pratique des vertus qu'il conseillait aux républicains qui l'écoutaient.

Nous citerons un fait que nous empruntons à M. Louis Blanc : « Un jour, dit l'éminent historien, un jour que Robespierre était absent de la maison Duplay, Camille Desmoulins y entre. Il avait un livre sous le bras. Au moment de se retirer, il le remet à la plus jeune des filles du menuisier, en la priant de le serrer et de le lui garder. Lui parti, Élisabeth entr'ouvre curieusement le livre ; c'était l'*Arétin*, orné de gravures obscènes. A son retour, Robespierre remarqua que la jeune fille était troublée. Il l'interroge et, apprenant ce qui s'était passé, il pâlit : « Oublie cela, dit-il d'une voix émue à la fille de son hôte, à la sœur de sa fiancée ; ce n'est point ce qui entre involontairement par les yeux qui souille la chasteté, mais les mauvaises pensées qu'on a dans le cœur. J'avertirai Camille. »

Et M. Louis Blanc ajoute cette note curieuse : « Ce fait est rapporté dans l'*Histoire des Montagnards*. Nous avons écrit à notre estimable ami M. Alphonse Esquiros pour savoir de qui il tenait cette anecdote caractéristique. Il nous a répondu : « De Mme Lebas, c'est-à-dire de la personne même à laquelle la chose est arrivée. »

*
* *

Une seconde qualité de Robespierre, c'est l'unité de son caractère, la fixité de ses idées sur un but constamment poursuivi. C'est ce courage qu'il posséda toujours au suprême degré, de défendre envers et contre tous le faible et l'opprimé. C'est cette philosophie sereine qui met le bonheur dans le sentiment de la vérité et de la justice, et qui rappelle les sublimes aperçus de Platon et de Lucrèce. Ses discours sont empreints d'une force et d'un charme que possèdent seuls les penseurs qui s'élèvent au-dessus des ambitions mesquines, et qui, de la hauteur de leur idéal, embrassent tous les temps, tous les âges, toute l'humanité.

L'idée nous était venue de citer ici quelques passages des différents discours de Robespierre, ayant un caractère de politique générale, et pouvant faire ressortir la grandeur de ses vues sociales. Nous avons préféré ne faire que deux citations caractéristiques : l'une relative à Louis XVI, l'autre empruntée à l'immortelle et dernière harangue que le grand Jacobin prononça à la Convention, le 8 Thermidor, la veille de sa chute, et qu'il répéta, le même jour, au club des Jacobins, au milieu d'un enthousiasme indescriptible.

Robespierre, en adressant ce discours à ses ennemis et à ses partisans, s'adressait en même temps à la postérité. C'était son testament de mort, la page suprême à laquelle il confiait son souvenir, sa fortune, sa gloire, sa vie. Il est bon d'avoir souvent sous les yeux cette page qui résume la vie et la mort de celui qui l'écrivit.

I. — Sur le parti a prendre a l'égard de Louis XVI.
Convention.

(Séance du 3 décembre 1792.)

ROBESPIERRE. — L'Assemblée a été entraînée, à son insu, loin de la véritable question. Il n'y a point ici de procès à faire. Louis n'est point un accusé; vous n'êtes point des juges; vous n'êtes, vous ne pouvez être que des hommes d'État et des représentants de la Nation. Vous n'avez point une sentence à rendre pour ou contre un seul homme, mais une mesure de salut public à prendre, un acte de providence nationale à exercer. Un roi détrôné, dans la République, n'est bon qu'à deux usages, ou à troubler la tranquillité de l'État et à ébranler la liberté, ou à affermir l'une et l'autre. Or, je soutiens que le caractère qu'a pris jusqu'ici votre délibération va directement contre ce but.

En effet, quel est le parti que la saine politique prescrit pour cimenter la République naissante? C'est de graver profondément dans les cœurs le mépris de la royauté, et de frapper de stupeur tous les partisans du roi. Donc, présenter à l'univers son crime comme un problème, sa cause comme l'objet de la discussion la plus imposante, la plus religieuse, la plus difficile qui puisse occuper les représentants du peuple français; mettre une distance incommensurable entre le seul souvenir de ce qu'il fut, et la dignité d'un citoyen, c'est précisément avoir trouvé le secret de le rendre encore dangereux à la liberté.

Louis fut roi, et la République est fondée; la question fameuse qui nous occupe est décidée par ces seuls mots. Louis a été détrôné par ses crimes; Louis dénonçait le peuple français comme rebelle; il a appelé, pour le châtier, les armes des tyrans, ses confrères; la victoire et le peuple ont décidé que lui seul était rebelle : Louis ne peut donc être jugé, il est déjà jugé. Il est condamné, ou la République n'est point absoute. Proposer de faire le procès à Louis XVI, de quelque manière que ce puisse être, c'est rétrograder vers le despotisme royal et constitutionnel, c'est une idée contre-révolutionnaire; car c'est mettre la Révolution elle-même en litige. En effet, si Louis peut être encore l'objet d'un procès, Louis peut être absous; si Louis peut-être présumé innocent, que devient la Révolution?

Si Louis est innocent, tous les défenseurs de la liberté deviennent des calomniateurs. Tous les rebelles étaient les amis de la vérité et les défenseurs de l'innocence opprimée; tous les manifestes des cours étrangères ne sont que des réclamations légitimes contre une faction dominatrice. La détention même que Louis a subie jusqu'à ce moment est une vexation injuste; les fédérés, le peuple de Paris, tous les patriotes de l'empire français sont coupables; et ce grand procès pendant au tribunal de la nature entre le crime et la vertu, entre la liberté et la tyrannie, est enfin décidé en faveur du crime et de la tyrannie.

Citoyens, prenez-y garde; vous êtes ici trompés par de fausses notions, vous confondez les règles du droit civil et positif avec les principes du droit des gens; vous confondez les relations des citoyens entre eux avec les rapports des nations à un ennemi qui conspire contre elle; vous confondez encore la situation d'un peuple en révolution avec celle d'un peuple dont le gouvernement est affermi; vous confondez une nation qui punit un fonctionnaire public, en conservant la forme du gouvernement, et celle qui détruit le gouvernement lui-même. Nous rapportons à des idées qui nous sont familières un cas extraordinaire qui dépend des principes que nous n'avons jamais appliqués.

Ainsi, parce que nous sommes accoutumés à voir les délits dont nous sommes les témoins, jugés selon les règles uniformes, nous sommes naturellement portés à croire que, dans aucune circonstance, les nations ne peuvent avec équité sévir autrement contre un homme qui a violé leurs droits, et où nous ne voyons point un juré, un tribunal, une procédure, nous ne trouvons point de justice. Ces termes mêmes, que nous appliquons à des idées différentes de celles qu'ils expriment dans l'usage, achèvent de vous tromper. Tel est l'empire naturel de l'habitude que nous regardons les plus arbitraires, quelquefois même les institutions les plus défectueuses, comme la règle la plus absolue du vrai et du faux, du juste et de l'injuste.

Nous ne songeons pas même que la plupart tiennent encore nécessairement aux préjugés dont le despotisme nous a nourris; nous avons été si longtemps courbés sous son joug que nous nous élevons difficilement jusqu'aux principes éternels de la raison; que tout ce qui remonte à la source sacrée de toutes les lois semble prendre à nos yeux un caractère illégal, et que l'ordre même de la nature nous paraît un désordre. Les mouvements majestueux d'un grand peuple, les sublimes élans de la vertu, se présentent souvent à nos yeux timides comme les éruptions d'un volcan ou le renversement de la société politique; et certes ce n'est pas la moindre cause des troubles qui nous agitent que cette contradiction éternelle entre la faiblesse de nos mœurs, la dépravation de nos esprits, et la pureté des principes, l'énergie des caractères que suppose le gouvernement libre auquel nous osons prétendre.

Lorsqu'une nation a été forcée de recourir au droit de l'insurrection, elle rentre dans l'état de la nature à l'égard du tyran. Comment celui-ci pourrait-il invoquer le pacte social? Il l'a anéanti. La nation peut le conserver encore, si elle le juge à propos, pour ce qui concerne les rapports entre eux. Mais l’effet de la tyrannie et de l’insurrection, c’est de le rompre entièrement par rapport au tyran; c’est de les constituer réciproquement en état de guerre; les tribunaux, les procédures judiciaires, sont faits pour les membres de la cité. C’est une contradiction grossière de supposer que la Constitution puisse présider à ce nouvel état de choses; ce serait supposer qu’elle survit elle-même. Quelles sont les lois qui la remplacent? Celles de la nature, celle qui est la base de la société· même; le salut du peuple. Le droit de punir le tyran et celui de le détrôner, c’est la même chose. L’un ne comporte pas d’autres formes que l’autre; le procès du tyran, c’est l’insurrection; son jugement, c’est la chute de sa puissance; sa peine, celle qu’exige la liberté du peuple.

Les peuples ne jugent pas comme les cours judiciaires; ils ne rendent point de sentence, ils lancent la foudre; ils ne condamnent pas les rois, ils les replongent dans le néant; et cette justice vaut bien celle des tribunaux. Si c’est pour leur salut qu’ils s’arment contre leurs oppresseurs, comment seraient-ils tenus d’adopter un mode de les punir qui serait pour eux un nouveau danger?

Nous nous sommes laissés induire en erreur par des exemples étrangers qui n’ont rien de commun avec nous. Que Cromwell ait fait juger Charles Ier par un tribunal dont il disposait, qu’Élisabeth ait fait condamner Marie d’Écosse de la même manière, il est naturel que des tyrans qui immolent leurs pareils, non au peuple, mais à leur ambition, cherchent à tromper l’opinion du vulgaire par des formes illusoires. Il n’est question là ni de principes, ni de liberté, mais de fourberie et d’intrigues. Mais le peuple! Quelle autre loi peut-il suivre que la justice et la raison, appuyées de sa toute-puissance?

Dans quelle république la nécessité de punir le tyran fut-elle litigieuse? — Tarquin fut-il appelé en jugement? —

Qu'aurait-on dit à Rome si des Romains avaient osé se dé-
clarer ses défenseurs ? — Que faisons-nous ? — Nous appe-
lons de toutes parts *des avocats pour plaider la cause de
Louis XVI.*

Nous consacrons comme des actes légitimes ce qui chez
tout peuple libre eût été regardé comme le plus grand des
crimes. Nous invitons nous-mêmes les citoyens à la bassesse
et à la corruption. Nous pourrons bien un jour décerner aux
défenseurs de Louis des couronnes civiques ; car s'ils défendent sa cause, ils peuvent espérer de la faire triompher ;
autrement, vous ne donneriez à l'univers qu'une ridicule co-
médie. Et nous osons parler de république ! Nous invoquons
des formes, parce que nous n'avons pas de principes ; nous
nous piquons de délicatesse, parce que nous manquons
d'énergie ; nous étalons une fausse humanité, parce que le
sentiment de la véritable humanité nous est étranger ; nous
révérons l'ombre d'un roi, parce que nous sommes sans entrailles pour les opprimés.

Le procès à Louis XVI ! Mais qu'est-ce que ce procès, si
ce n'est l'appel de l'insurrection à un tribunal ou à une assemblée quelconque ? — Quand un roi a été anéanti par le
peuple, qui a le droit de le ressusciter pour en faire un
nouveau prétexte de trouble et de rebellion ? Et quels autres
effets peut produire ce système ? En ouvrant une arène aux
champions de Louis XVI, vous ressuscitez toutes les querel-
les du despotisme contre la liberté ; vous consacrez le droit
de blasphémer contre la République et contre le peuple, car
le droit de défendre l'ancien despote emporte le droit de
dire tout ce qui tient à sa cause.

Vous réveillez toutes les factions ; vous ranimez, vous en-
couragez le royalisme assoupi. On pourra librement prendre parti pour ou contre. Quoi de plus légitime, quoi de
plus naturel que de répéter partout les maximes que ses défenseurs pourront professer à votre barre et dans votre tribune même ? Quelle République que celle dont les fonda-

teurs lui suscitent de toutes parts des adversaires pour l'attaquer dans son berceau ?

C'est une grande cause, a-t-on dit, qu'il faut juger avec
une sage et lente circonspection. C'est vous qui en faites une
grande cause. Que dis-je ? — C'est vous qui en faites une
cause ? — Que trouvez-vous là de grand ? — Est-ce la difficulté ? — Non. Est-ce le personnage ? — Aux yeux de la liberté, il n'en est pas de plus vil ; aux yeux de l'humanité, il
n'en est pas de plus coupable. Il ne peut en imposer encore
qu'à ceux qui sont plus lâches que lui. Est-ce l'utilité du ré-
sultat ? — C'est une raison de plus de le hâter. Une grande
cause, c'est un projet de loi populaire ; une grande cause,
c'est celle d'un malheureux opprimé par le despotisme.
Quel est le motif de ces délais éternels que vous nous re-
commandez ? Craignez-vous de blesser l'opinion du peuple ?
Comme si le peuple lui-même craignait autre chose que la
faiblesse ou l'ambition de ses mandataires !

Comme si le peuple était un vil troupeau d'esclaves, stupidement attaché au stupide tyran qu'il a proscrit, voulant,
à quelque prix que ce soit, se vautrer dans la bassesse et
dans la servitude ! Vous parlez de l'opinion. N'est-ce point
à nous de la diriger, de la fortifier ? si elle s'égare, si elle se
déprave, à qui faudrait-il s'en prendre, si ce n'est à nous-
mêmes ? Craignez-vous de mécontenter les rois étrangers
ligués contre nous ? Oh ! sans doute, le moyen de les vaincre
c'est de paraître les craindre. Le moyen de confondre la criminelle conspiration des despotes de l'Europe, c'est de respecter leur complice. Craignez-vous les peuples étrangers ?
— Vous croyez donc encore à l'amour inné de la tyrannie ?
Pourquoi donc aspirez-vous à la gloire d'affranchir le genre
humain ? Par quelle contradiction supposez-vous que les nations qui n'ont point été étonnées de la proclamation des
droits de l'humanité seront épouvantées du châtiment de
l'un de ses plus cruels oppresseurs ?

Enfin, vous redoutez, dit-on, les regards de la postérité.

Oui, la postérité s'étonnera, en effet, de votre inconséquence
et de votre faiblesse ; et nos descendants riront à la fois de
la présomption et des préjugés de leurs pères. On a dit qu'il
fallait du génie, pour approfondir cette question ; je soutiens
qu'il ne faut que de la bonne foi. Il s'agit bien moins de
s'éclairer que de ne point s'aveugler volontairement. Pourquoi ce qui nous paraît clair dans un temps nous semble-
t-il obscur dans un autre ? Pourquoi ce que le bon sens du
peuple décide aisément se change-t-il, pour ses délégués, en
problème presque insoluble ? — Avons-nous le droit d'avoir
une volonté générale et une sagesse différente de la raison
universelle ?

J'ai entendu les défenseurs de l'inviolabilité avancer un
principe hardi, que j'aurais presque hésité à énoncer moi-
même. Ils ont dit que ceux qui, le 10 Août, auraient immolé
Louis XVI, auraient fait une action vertueuse. Mais la seule
base de cette opinion ne peut être que les crimes de
Louis XVI et les droits du peuple. Or, trois mois d'inter-
valle ont-ils changé ses crimes ou les droits du peuple ? —
Si alors on l'arracha à l'indignation publique, ce fut sans
doute uniquement pour que sa punition, ordonnée solennellement par la Convention nationale, au nom de la nation,
en devînt plus imposante pour les ennemis de l'humanité ;
mais remettre en question s'il est coupable ou s'il peut être
puni, c'est trahir la foi donnée au peuple français.

Il est peut-être des gens qui, soit pour empêcher que
l'Assemblée ne prenne un caractère digne d'elle, soit pour
servir aux nations un exemple qui élèverait les âmes à la
hauteur des républicains, soit par des motifs encore plus
honteux, ne seraient pas fâchés qu'une main privée remplît
les fonctions de la justice nationale. Citoyens, défiez-vous de
ce piège : quiconque oserait donner un tel conseil ne ser-
virait que les ennemis du peuple. Quoi qu'il arrive, la punition de Louis n'est bonne désormais qu'autant qu'elle por-
tera le caractère solennel d'une vengeance publique.

Qu'importe au peuple le méprisable individu du dernier des rois? — Représentants, ce qui lui importe, ce qui vous importe à vous-mêmes, c'est que vous remplissiez les devoirs que sa confiance vous a imposés. Vous avez proclamé la République, mais nous l'avez-vous donnée ? Nous n'avons point encore fait une seule loi qui justifie ce nom; nous n'avons pas encore réformé un seul abus du despotisme. Otez les noms, nous avons encore la tyrannie tout entière, et, de plus, des factions plus viles et des charlatans plus immoraux, avec de nouveaux ferments de troubles et de guerre civile.

La République! Et Louis vit encore! Et vous placez encore la personne du roi entre nous et la liberté! A force de scrupules, craignons de nous rendre criminels; craignons qu'en montrant trop d'indulgence pour le coupable, nous ne nous mettions nous-mêmes à sa place.

Nouvelle difficulté. A quelle peine condamnerons-nous Louis? La peine de mort est trop cruelle. Non, dit un autre, la vie est plus cruelle encore : je demande qu'il vive. Avocats du roi, est-ce par pitié ou par cruauté que vous voulez le soustraire à la peine de ses crimes? Pour moi, j'abhorre la peine de mort prodiguée par nos lois, et je n'ai pour Louis ni amour, ni haine : je ne hais que ses forfaits. J'ai demandé l'abolitiou de la peine de mort à l'Assemblée que vous nommez encore Constituante, et ce n'est pas ma faute si les premiers principes de la raison lui ont paru des hérésies morales et politiques.

Mais si vous ne vous avisâtes jamais de les réclamer en faveur de tant de malheureux dont les délits sont moins les leurs que ceux du gouvernement, par quelle fatalité vous en souvenez-vous seulement pour plaider la cause du plus grand de tous les criminels? Vous demandez une exception à la peine de mort pour celui-là seul qui peut la légitimer? Oui, la peine de mort, en général, est un crime, et par cette raison seule que, d'après les principes indestructibles de la nature, elle ne peut être justifiée que dans les cas où elle est nécessaire à la sûreté des individus ou du corps social. Or, jamais la sûreté publique ne la provoque contre les délits ordinaires, parce que la société peut toujours les prévenir par d'autres moyens, et mettre le coupable dans l'impuissance de lui nuire.

Mais un roi détrôné au sein d'une Révolution qui n'est rien moins que cimentée par les lois, un roi dont le nom seul attire le fléau de la guerre sur la nation agitée, ni la prison ni l'exil ne peut rendre son existence indifférente au bonheur public; et cette cruelle exception aux lois ordinaires que la justice avoue ne peut être imputée qu'à la nature de ses crimes.

Je prononce à regret cette fatale vérité; mais Louis doit mourir, parce qu'il faut que la patrie vive.

Chez un peuple paisible, libre et respecté au dedans comme au dehors, on pourrait écouter les paisibles conseils qu'on nous donne d'être généreux. Mais un peuple à qui l'on dispute encore sa liberté, après tant de sacrifices et de combats; un peuple chez qui les lois ne sont encore inexorables que pour les malheureux; un peuple chez qui les crimes de la tyrannie sont des sujets de dispute, doit désirer qu'on le venge, et la générosité dont on nous flatte ressemblerait trop à celle d'une société de brigands qui se partagent des dépouilles.

Je vous propose de statuer, dès ce moment, sur le sort de Louis. Quant à sa femme, vous la renverrez aux tribunaux, ainsi que toutes les personnes prévenues des mêmes attentats. Son fils sera gardé au Temple jusqu'à ce que la paix et la liberté publique soient affermies. Pour lui, je demande que la Convention *le déclare, dès ce moment, traître à la nation française, criminel envers l'humanité*. Je demande qu'il donne un grand exemple au monde, dans le lieu même où sont morts, le 10 Août, les généreux martyrs de la liberté.

Je demande que cet événement mémorable soit consacré

par un monument destiné à nourrir dans le cœur des peuples le sentiment de leurs droits et l'horreur des tyrans, et, dans l'âme des tyrans, la terreur salutaire de la justice du peuple.

II. — Dernier discours de Robespierre, prononcé a la Convention et au Club des Jacobins, le 8 Thermidor an II (26 Juillet 1794).

Robespierre. — Citoyens, que d'autres vous tracent des tableaux flatteurs, je viens vous dire des vérités utiles. Je veux étouffer, s'il est possible, les flambeaux de la discorde par la seule force de la vérité. Je vais défendre devant vous votre autorité outragée et la liberté violée. Je me défendrai aussi moi-même : vous n'en serez point surpris ; vous ne ressemblez point aux tyrans que vous combattez. Les cris de l'innocence outragée n'importunent point votre oreille, et vous n'ignorez pas que cette cause ne vous est point étrangère. Les révolutions qui jusqu'à nous ont changé la face des empires, n'ont eu pour objet qu'un changement de dynastie, ou le passage du pouvoir d'un seul à celui de plusieurs. La Révolution française est la première qui ait été fondée sur la théorie des droits de l'humanité, et sur les principes de la justice. Les autres révolutions n'exigeaient que de l'ambition : la nôtre impose des vertus...

La République, amenée insensiblement par la force des choses et par la lutte des amis de la liberté contre les conspirations toujours renaissantes, s'est glissée pour ainsi dire à travers toutes les factions ; mais elle a trouvé leur puissance organisée autour d'elle, et tous les moyens d'influence dans leurs mains ; aussi n'a-t-elle cessé d'être persécutée dès sa naissance dans la personne de tous les hommes de bonne foi qui combattaient pour elle... Les amis de la liberté cherchent à renverser la puissance des tyrans par la force de la vérité; les tyrans cherchent à détruire les défenseurs de la liberté par la calomnie; ils donnent le nom de tyrannie à l'ascendant même des principes de la vérité. Quand ce système a pu prévaloir, la liberté est perdue; il n'y a de légitime que la perfidie, et de criminel que la vertu, car il est dans la nature même des choses qu'il existe une influence partout où il y a des hommes rassemblés, celle de la tyrannie ou celle de la raison. Lorsque celle-ci est proscrite comme un crime, la tyrannie règne; quand les bons citoyens sont condamnés au silence, il faut bien que les scélérats dominent.

Ici, j'ai besoin d'épancher mon cœur; vous avez besoin aussi d'entendre la vérité...

Eh! quel est donc le fondement de cet odieux système de terreur et de calomnies?... Nous redoutables aux patriotes! nous qui les avons arrachés des mains de toutes les factions conjurées contre eux! nous qui, tous les jours, les disputons pour ainsi dire aux intrigants hypocrites qui osent les opprimer encore! nous qui poursuivons les scélérats qui cherchent à prolonger leurs malheurs en nous trompant par d'inextricables impostures! Nous redoutables à la Convention nationale! Et que sommes-nous sans elle? et qui a défendu la Convention nationale au péril de sa vie? qui s'est dévoué pour sa conservation, quand des factions exécrables conspiraient sa ruine à la face de la France?

Et à qui étaient destinés les premiers coups des conjurés? Dans quels lieux la bande des assassins devait-elle marcher d'abord en ouvrant les prisons? Quels sont les objets des calomnies et des attentats des tyrans armés contre la République? N'y a-t-il aucun poignard pour nous dans les cargaisons que l'Angleterre envoie à ses complices en France et à Paris? C'est nous qu'on assassine, et c'est nous qu'on peint redoutables!

Mais si nous n'avons fait que dénoncer des monstres

dont la mort a sauvé la Convention nationale et la République, qui peut craindre nos principes, qui peut nous accuser d'avance d'injustice et de tyrannie, si ce n'est ceux qui leur ressemblent? Non, nous n'avons pas été trop sévères : j'en atteste la République qui respire!... On parle de notre rigueur, et la patrie nous reproche notre faiblesse.

Est-ce nous qui avons plongé dans les cachots les patriotes, et porté la terreur dans toutes les conditions? Ce sont les monstres que nous avons accusés. Est-ce nous qui, oubliant les crimes de l'aristocratie et protégeant les traîtres, avons déclaré la guerre aux citoyens paisibles, érigé en crimes ou des préjugés incurables, ou des choses indifférentes, pour trouver partout des coupables et rendre la Révolution redoutable au peuple même? Ce sont les monstres que nous avons accusés. Est-ce nous qui, recherchant des opinions anciennes, fruit des obsessions des traîtres, avons promené le glaive sur la plus grande partie de la Convention nationale? Demandions-nous dans les sociétés populaires la tête de six cents représentants du peuple? Ce sont les monstres que nous avons accusés. Aurait-on déjà oublié que nous nous sommes jetés entre eux et leurs perfides adversaires?...

Telle est cependant la base de ces projets de dictature et d'attentats contre la représentation nationale, imputés d'abord au Comité de Salut public en général. Par quelle fatalité cette grande accusation a-t-elle été transportée tout à coup sur la tête d'un seul de ses membres? Étrange projet d'un homme, d'engager la Convention nationale à s'égorger elle-même en détail, de ses propres mains, pour lui frayer le chemin du pouvoir absolu!

Que d'autres aperçoivent le côté ridicule de ces inculpations; c'est à moi de n'en voir que l'atrocité. Vous rendrez au moins *compte* à l'opinion publique de votre affreuse persévérance à poursuivre le projet d'égorger tous les amis de la patrie, monstres qui cherchez à me ravir l'estime de la Convention nationale, le prix le plus glorieux des travaux d'un mortel, que je n'ai ni usurpée ni surprise, mais que j'ai été forcé de conquérir ! Paraître un objet de terreur aux yeux de ce qu'on révère et de ce qu'on aime, c'est pour un homme sensible et probe le plus affreux des supplices ! le lui faire subir, c'est le plus grand des forfaits !...

Ah ! certes, lorsque, au risque de blesser l'opinion publique, ne consultant que les intérêts sacrés de la patrie, j'arrachais seul à une décision précipitée ceux dont les opinions m'auraient conduit à l'échafaud, si elles avaient triomphé; quand, dans d'autres occasions, je m'exposais à toutes les fureurs d'une faction hypocrite pour réclamer les principes de la stricte équité envers ceux qui m'avaient jugé avec plus de précipitation, j'étais loin sans doute de penser que l'on dût me tenir compte d'une pareille conduite; j'aurais trop mal présumé d'un pays où elle aurait été remarquée, et où l'on aurait donné des noms pompeux aux devoirs les plus indispensables de la probité; mais j'étais encore plus loin de penser qu'un jour on m'accuserait d'être le bourreau de ceux envers qui je les ai remplis, et l'ennemi de la représentation nationale, que j'avais servie avec dévouement; je m'attendais bien moins encore qu'on m'accuserait à la fois de vouloir la défendre et de vouloir l'égorger !

Quoi qu'il en soit, rien ne pourra jamais changer ni mes sentiments, ni mes principes... Je ne connais que deux partis, celui des bons et celui des mauvais citoyens : que le patriotisme n'est point une affaire de parti, mais une affaire de cœur; qu'il ne consiste ni dans l'insolence ni dans une fougue passagère qui ne respecte ni les principes, ni le bon sens, ni la morale; encore moins dans le dévouement aux intérêts d'une faction. Le cœur flétri par l'expérience de tant de trahisons, je crois à la nécessité d'appeler surtout la probité et tous les sentiments généreux au secours de la République. Je sens que partout où l'on rencontre un homme de bien, en quelque lieu qu'il soit assis, il faut lui tendre la main et le serrer contre son cœur.

Je crois à des circonstances fatales dans la Révolution, qui n'ont rien de commun avec les desseins criminels; je crois à la détestable influence de l'intrigue, et surtout à la puissance sinistre de la calomnie. Je vois le monde peuplé de dupes et de fripons; mais le nombre des fripons est le plus petit : ce sont eux qu'il faut punir des crimes et des malheurs du monde...

Cependant, ce mot de *dictature* a des effets magiques : il flétrit la liberté, il avilit le gouvernement, il détruit la République; il dégrade toutes les institutions révolutionnaires, qu'on présente comme l'ouvrage d'un seul homme; il rend odieuse la justice nationale, qu'il présente comme instituée par l'ambition d'un seul homme; il dirige sur un point toutes les haines et tous les poignards du fanatisme et de l'aristocratie...

Ils m'appellent tyran... Si je l'étais, ils ramperaient à mes pieds, je les gorgerais d'or, je leur assurerais le droit de commettre tous les crimes, et ils seraient reconnaissants ! Si je l'étais, les rois que nous avons vaincus, loin de me dénoncer (quel tendre intérêt ils prennent à notre liberté!) me prêteraient leur coupable appui; je transigerais avec eux ! Dans leur détresse, qu'attendent-ils, si ce n'est le secours d'une faction protégée par eux, qui leur vende la gloire et la liberté de notre pays? On arrive à la tyrannie par le secours des fripons : où courent ceux qui les combattent? Au tombeau et à l'immortalité.

Quel est le tyran qui me protège? quelle est la faction à qui j'appartiens? C'est vous-mêmes. Quelle est cette faction qui, depuis le commencement de la Révolution, a terrassé les factions, a fait disparaître tant de traîtres accrédités? C'est vous, c'est le peuple, ce sont les principes. Voilà la faction à laquelle je suis voué, et contre laquelle tous les crimes sont ligués...

La vérité sans doute a sa puissance, elle a sa colère, son despotisme; elle a des accents touchants, terribles, qui

retentissent avec force dans les cœurs purs comme dans les
consciences coupables, et qu'il n'est pas plus donné au mensonge d'imiter, qu'à Salmonée d'imiter les foudres du ciel ;
mais accusez-en la nature, accusez-en le peuple, qui la sent
et qui l'aime...

Si les représentants du peuple qui défendent sa cause ne
peuvent pas obtenir impunément son estime, quelle sera la
conséquence de ce système, si ce n'est qu'il n'est plus permis
de servir le peuple, que la République est proscrite, et la
tyrannie rétablie? Et quelle tyrannie plus odieuse que celle
qui punit le peuple dans la personne de ses défenseurs! car
la chose la plus libre qui soit dans le monde, même sous le
règne du despotisme, n'est-ce pas l'amitié?... Qui suis-je,
moi qu'on accuse? Un esclave de la liberté, un martyr
vivant de la République, la victime autant que l'ennemi du
crime.

Tous les fripons m'outragent; les actions les plus indifférentes, les plus légitimes de la part des autres, sont des
crimes pour moi; un homme est calomnié dès qu'il me
connait; on pardonne à d'autres leurs forfaits, on me fait
un crime de mon zèle. Otez-moi ma conscience, je suis le
plus malheureux de tous les hommes ; je ne jouis pas même
des droits du citoyen; que dis-je! il ne m'est pas même
permis de remplir les devoirs d'un représentant du peuple.

Quand les victimes de leur perversité se plaignent, ils
s'excusent en leur disant : *C'est Robespierre qui le veut, nous
ne pouvons pas nous en dispenser.*

Jusques à quand l'honneur des bons citoyens et la dignité de la Convention nationale seront-ils à la merci de ces
hommes-là? Mais le trait que je viens de citer n'est qu'une
branche du système de persécution plus vaste dont je suis
l'objet. En développant cette accusation de dictature, mise
à l'ordre du jour par les tyrans, on s'est attaché à me char-
ger de toutes leurs iniquités, de tous les torts de la fortune,
ou de toutes les rigueurs commandées par le salut de la pa-

trie. On disait aux nobles : *C'est lui seul* qui vous a proscrits ; on disait en même temps aux patriotes : *Il veut sauver les nobles ;* on disait aux prêtres : *C'est lui seul qui vous poursuit ; sans lui, vous seriez paisibles et triomphants ;* on disait aux fanatiques : *C'est lui qui détruit la religion ;* on disait aux patriotes persécutés : *C'est lui qui l'a ordonné, ou qui ne veut pas l'empêcher.* On me renvoyait toutes les plaintes dont je ne pouvais faire cesser les causes, en disant : *Votre sort dépend de lui seul.*

Des hommes apostés dans les lieux publics propageaient chaque jour ce système, il y en avait dans le lieu des séances du tribunal révolutionnaire, dans les lieux où les ennemis de la patrie expient leurs forfaits ; ils disaient : *Voilà des malheureux condamnés ; qui est-ce qui en est la cause ? Robespierre.* On s'est attaché particulièrement à prouver que le tribunal révolutionnaire était un *tribunal de sang,* créé par moi seul, et que je maîtrisais absolument pour faire égorger tous les gens de bien, et même tous les fripons, car on voulait me susciter des ennemis de tous les genres. Ce cri retentissait dans toutes les prisons ; ce plan de proscription était exécuté à la fois dans tous les départements par les émissaires de la tyrannie. Mais qui étaient-ils ces calomniateurs ?

Je puis répondre que les auteurs de ce plan de calomnies sont d'abord le duc d'York, M. Pitt, et tous les tyrans armés contre nous. Qui ensuite ?... Ah ! je n'ose les nommer dans ce moment et dans ce lieu ; je ne puis me résoudre à déchirer entièrement le voile qui couvre ce profond mystère d'iniquités !

La tyrannie n'avait demandé aux hommes que leurs biens et leur vie ; ceux-ci nous demandaient jusqu'à nos consciences ; d'une main, ils nous présentaient tous les maux, et, de l'autre, ils nous arrachaient l'espérance. Une juste indignation, comprimée par la terreur, fermentait sourdement dans tous les cœurs ; une éruption terrible, inévitable, bouillonnait dans les entrailles du volcan, tandis que de petits philosophes jouaient stupidement sur sa cime avec de grands scélérats.

Telle était la situation de la République, que, soit que le peuple consentît à souffrir la tyrannie, soit qu'il en secouât violemment le joug, la liberté était également perdue; car, par sa réaction, il eût blessé à mort la République, et, par sa patience, il s'en serait rendu indigne. Aussi, de tous les prodiges de notre Révolution, celui que la postérité concevra le moins, c'est que nous ayons pu échapper à ce danger. Grâces immortelles vous soient rendues! Vous avez sauvé la patrie; vous avez avancé d'un demi-siècle l'heure fatale des tyrans; vous avez rattaché à la cause de la Révolution tous les cœurs purs et généreux; vous l'avez montrée au monde dans tout l'éclat de sa beauté céleste. O jour à jamais fortuné, où le peuple français tout entier s'éleva pour rendre à l'auteur de la nature le seul hommage digne de lui! Quel touchant assemblage de tous les objets qui peuvent enchanter les regards et le cœur des hommes! O vieillesse honorée! ô généreuse ardeur des enfants de la patrie! ô joie naïve et pure des jeunes citoyens! ô larmes délicieuses des mères attendries! ô charme divin de l'innocence et de la beauté! ô majesté d'un grand peuple heureux par le seul sentiment de sa force, de sa gloire et de sa vertu!

Ce jour avait laissé sur la France une impression profonde de calme, de bonheur, de sagesse et de bonté. A la vue de cette réunion sublime du premier peuple du monde, qui aurait cru que le crime existait encore sur la terre? Mais quand le peuple, en présence duquel tous les vices privés disparaissent, est rentré dans ses foyers domestiques, les intrigants reparaissent, et le rôle des charlatans recommence. C'est depuis cette époque qu'on les a vus s'agiter avec une nouvelle audace, et chercher à punir tous ceux qui avaient déconcerté le plus dangereux de tous les complots.

Croirait-on qu'au sein de l'allégresse publique des hommes aient répondu par des signes de fureur aux touchantes acclamations du peuple? Croira-t-on que le président de la Convention nationale, parlant au peuple assemblé, fut insulté par eux, et que ces hommes étaient des représentants du peuple? Ce seul trait explique tout ce qui s'est passé depuis. La première tentative que firent les malveillants fut de chercher à avilir les grands principes que vous aviez proclamés, et à effacer le souvenir touchant de la fête nationale : tel fut le but du caractère et de la solennité qu'on donna à ce qu'on appelait l'affaire de *Catherine Théos.* La malveillance a bien su tirer parti de la conspiration politique cachée sous le nom de quelques dévotes imbéciles, et on ne présenta à l'attention publique qu'une farce mystique et un sujet inépuisable de sarcasmes indécents ou puérils.

Les lâches! ils voulaient donc me faire descendre au tombeau avec ignominie! Et je n'aurais laissé sur la terre que la mémoire d'un tyran! Avec quelle perfidie ils abusaient de ma bonne foi! comme ils semblaient adopter les principes de tous les bons citoyens! comme leur feinte amitié était naïve et caressante! Tout à coup les visages se sont couverts des plus sombres nuages; une joie féroce brillait dans leurs yeux : c'était le moment où ils croyaient toutes leurs mesures bien prises pour m'accabler. Aujourd'hui, ils me caressent de nouveau; leur langage est plus affectueux que jamais : il y a trois jours ils étaient prêts à me dénoncer comme un Catilina; aujourd'hui, ils me prêtent les vertus de Caton. Il leur faut du temps pour renouer leurs trames criminelles. Que leur but est atroce! mais que leurs moyens sont méprisables! Jugez-en par un seul trait.

J'ai été chargé momentanément, en l'absence d'un des mes collègues, de surveiller un bureau de police générale récemment et faiblement organisé au Comité de Salut public. Ma courte gestion s'est bornée à provoquer une trentaine d'arrêtés, soit pour mettre en liberté des patriotes persécutés, soit pour s'assurer de quelques ennemis de la Révolution.

Eh bien! croira-t-on que ce seul mot de *police générale* a servi de prétexte pour mettre sur ma tête la responsabilité de toutes les opérations du Comité de Sûreté générale, des erreurs de toutes les autorités constituées, des crimes de tous mes ennemis? Il n'y a peut-être pas un individu arrêté, pas un citoyen vexé à qui l'on n'ait dit de moi : *Vcilà l'auteur de tes maux ; tu serais heureux et libre s'il n'existait plus.* Comment pourrais-je ou raconter ou deviner toutes les espèces d'impostures qui ont été clandestinement insinuées, soit dans la Convention nationale, soit ailleurs, pour me rendre odieux ou redoutable? Je me bornerai à dire que depuis plus de six semaines la nature et la force de la calomnie, l'impuissance de faire le bien et d'arrêter le mal, m'ont forcé à abandonner absolument mes fonctions de membre du Comité de Salut public, et je jure qu'en cela même je n'ai consulté que ma raison et la patrie? Je préfère ma qualité de représentant du peuple à celle de membre du Comité de Salut public, et je mets ma qualité d'homme et de citoyen français avant tout.

Quoi qu'il en soit, voilà au moins six semaines que ma dictature est expirée, et que je n'ai aucune espèce d'influence sur le gouvernement : le patriotisme a-t-il été plus protégé? les factions plus timides? la patrie plus heureuse? Je le souhaite. Mais cette influence s'est bornée dans tous les temps à plaider la cause de la patrie devant la représentation nationale et au tribunal de la raison publique; il m'a été permis de combattre les factions qui vous menaçaient, j'ai voulu déraciner le système de corruption et de désordre qu'elles avaient établi, et que je regarde comme le seul obstacle à l'affermissement de la République : j'ai pensé qu'elle ne pouvait s'asseoir que sur les bases éternelles de la morale. Tout s'est ligué contre moi et contre ceux qui avaient les mêmes principes.

— Oh! je la leur abandonnerai sans regret, ma vie! J'ai l'expérience du passé, et je vois l'avenir! Quel ami de la patrie peut vouloir survivre au moment où il n'est plus permis de la servir et de défendre l'innocence opprimée? Pourquoi demeurer dans un ordre de choses où l'intrigue triomphe éternellement de la vérité, où la justice est un mensonge, où les plus viles passions, où les craintes les plus ridicules occupent dans les cœurs la place des intérêts sacrés de l'humanité? Comment supporter le supplice de voir cette horrible succession de traîtres plus ou moins habiles à cacher leur âme hideuse sous le voile de la vertu, et même de l'amitié, mais qui tous laisseront à la postérité l'embarras de décider lequel des ennemis de mon pays fut le plus lâche et le plus atroce?

En voyant la multitude des vices que le torrent de la Révolution a roulés pêle-mêle avec les vertus civiques, j'ai craint quelquefois, je l'avoue, d'être souillé aux yeux de la postérité par le voisinage impur des hommes pervers qui s'introduisent parmi les sincères amis de l'humanité, et je m'applaudis de voir la fureur des Verrès et des Catilina de mon pays tracer une ligne profonde de démarcation entre eux et tous les gens de bien. J'ai vu dans l'histoire tous les défenseurs de la liberté accablés par la calomnie; mais leurs oppresseurs sont morts aussi! Les bons et les méchants disparaissent de la terre, mais à des conditions différentes. Français, ne souffrez pas que vos ennemis osent abaisser vos âmes et énerver vos vertus par leur désolante doctrine! Non! Chaumette, non, la mort n'est pas un sommeil éternel!... Citoyens, effacez des tombeaux cette maxime gravée par des mains sacrilèges, qui jette un crêpe funèbre sur la nature, qui décourage l'innocence opprimée, et qui insulte à la mort; gravez-y plutôt celle-ci : *La mort est le commencement de l'immortalité!*

J'ai promis, il y a quelque temps, de laisser un testament redoutable aux oppresseurs du peuple. Je vais le publier dès ce moment avec l'indépendance qui convient à la situation où je me suis placé : je leur lègue la vérité terrible, et la mort!

Représentants du peuple français, il est temps de reprendre la fierté et la hauteur du caractère qui vous convient. Vous n'êtes pas faits pour être régis, mais pour régir les dépositaires de votre confiance : les hommages qu'ils vous doivent ne consistent pas dans ces vaines flagorneries, dans ces récits flatteurs prodigués aux rois par des ministres ambitieux, mais dans la vérité, et surtout dans le respect profond pour vos principes. On vous a dit que tout est bien dans la République : je le nie...

Notre situation intérieure est critique. Un système raisonnable de finances est à créer; celui qui règne aujourd'hui est mesquin, prodigue, tracassier, dévorant, et dans le fait absolument indépendant de votre surveillance suprême. Les relations extérieures sont absolument négligées; presque tous les agents employés chez les puissances étrangères, décriés par leur incivisme, ont trahi ouvertement la République avec une audace impunie jusqu'à ce jour.

Le gouvernement révolutionnaire mérite toute votre attention : qu'il soit détruit aujourd'hui, demain la liberté n'est plus. Il ne faut pas le calomnier, mais le rappeler à son principe, le simplifier, diminuer la foule innombrable de ses agents, les épurer surtout; il faut rendre la sécurité au peuple, mais non à ses ennemis. Il ne s'agit point d'entraver la justice du peuple par des formes nouvelles; la loi pénale doit nécessairement avoir quelque chose de vague, parce que le caractère actuel des conspirateurs étant la dissimulation et l'hypocrisie, il faut que la justice puisse les saisir sous toutes les formes. Une seule manière de conspirer laissée impunie la rendrait illusoire et compromettrait le salut de la patrie...

La garantie du patriotisme n'est donc pas dans la lenteur ni dans la faiblesse de la justice nationale, mais dans les principes et dans l'intégrité de ceux à qui elle est confiée, dans la bonne foi du gouvernement, dans la protection

franche qu'il accorde aux patriotes, et dans l'énergie avec
laquelle il comprime l'aristocratie; dans l'esprit public, dans
certaines institutions morales et politiques qui, sans entraver la marche de la justice, offrent une sauvegarde aux bons
citoyens, en comprimant les mauvaises passions, par leur
influence sur l'opinion publique et sur la direction de la
marche révolutionnaire, et qui vous seront proposées quand
les conspirations les plus voisines permettront aux amis de
la liberté de respirer...

Le gouvernement révolutionnaire a sauvé la patrie; il
faut le sauver lui-même de tous les écueils : ce serait mal
conclure de croire qu'il faut le détruire par cela seul que les
ennemis du bien public l'ont d'abord paralysé, et s'efforcent
maintenant de le corrompre. C'est une étrange manière de
protéger les patriotes, de mettre en liberté les contre-révo-
lutionnaires et de faire triompher les fripons ! C'est la terreur du crime qui fait la sécurité de l'innocence...

La contre-révolution est dans l'administration des finances.

Elle porte en entier sur un système d'innovations contre-
révolutionnaires, déguisé sous les dehors du patriotisme.
Elle a pour but de fomenter l'agiotage, d'ébranler le crédit
public en déshonorant la loyauté française, de favoriser les
riches créanciers, de ruiner et de désespérer les pauvres, de
multiplier les mécontents, de dépouiller le peuple des biens
nationaux, et d'amener insensiblement la ruine de la fortune
publique.

Quels sont les administrateurs suprêmes de nos finances? Des brissotins, des feuillants, des aristocrates et des
fripons connus; ce sont les Cambon, les Mallarmé, les Ra-
mel; ce sont les compagnons et les successeurs de Chabot,
de Fabre et de Julien (de Toulouse)...

Voilà une partie du plan de la conspiration. Et à qui
faut-il imputer ces maux? A nous-mêmes, à notre lâche faiblesse pour le crime, et à notre coupable abandon des prin-

cipes proclamés par nous-mêmes. Ne nous y trompons pas ;
fonder une immense République sur les bases de la raison
et de l'égalité, resserrer par un lien vigoureux toutes les
parties de cet empire immense, n'est pas une entreprise que
la légèreté puisse consommer; c'est le chef-d'œuvre de la
vertu et de la raison humaine. Toutes les factions naissent
en foule du sein d'une grande Révolution; comment les ré-
primer si vous ne soumettez pas sans cesse toutes les passions
à la justice? Vous n'avez d'autre garant de la liberté que
l'observation rigoureuse des principes et de la morale universelle que vous avez proclamés.

Si la raison ne règne pas, il faut que le crime et l'ambition règnent; sans elle, la victoire n'est qu'un moyen d'ambition et un danger pour la liberté même, un prétexte fatal
dont l'intrigue abuse pour endormir le patriotisme sur les
bords du précipice; sans elle, qu'importe la victoire même !
La victoire ne fait qu'armer l'ambition, endormir le patriotisme, éveiller l'orgueil et creuser de ses mains brillantes le
tombeau de la République. Qu'importe que nos armées
chassent devant elles les satellites armés des rois, si nous
reculons devant les vices destructeurs de la sécurité publique! Que nous importe de vaincre les rois, si nous sommes
vaincus par les vices qui amènent la tyrannie !...

Dans la carrière où nous sommes, s'arrêter avant le
terme c'est périr, et nous avons honteusement rétrogradé.
Attendons-nous donc à tous les fléaux que peuvent entraî-
ner les factions, qui s'agitent impunément. Au milieu de
tant de passions ardentes, et dans un si vaste empire, les
tyrans dont je vois les armées fugitives, mais non envelop-
pées, mais non exterminées, se retirent pour vous laisser en
proie à vos dissensions intestines, qu'ils allument eux-
mêmes, et à une armée d'agents criminels que vous ne
savez pas même apercevoir.

Laissez flotter un moment les rênes de la Révolution;
vous verrez le despotisme militaire s'en emparer, et les

chefs des factions renverser la représentation nationale avilie; un siècle de guerre civile et de calamités désolera notre patrie, et nous périrons pour n'avoir pas voulu saisir un moment marqué dans l'histoire des hommes pour fonder la liberté; nous livrons notre patrie à un siècle de calamités, et les malédictions du peuple s'attacheront à notre mémoire, qui devait être chère au genre humain !...

Peuple, souviens-toi que si dans la République la justice ne règne pas avec un empire absolu, et si ce mot ne signifie pas l'amour de l'égalité et de la patrie, la liberté n'est qu'un vain nom ! Peuple, toi que l'on craint, que l'on flatte et que l'on méprise; toi, souverain reconnu, que l'on traite toujours en esclave, souviens-toi que partout où la justice ne règne pas, ce sont les passions des magistrats, et que le peuple a changé de chaînes et non de destinées !

Souviens-toi qu'il existe dans ton sein une ligue de fripons qui lutte contre la vertu publique, qui a plus d'influence que toi-même sur tes propres affaires, qui te redoute, et te flatte en masse, mais te proscrit en détail dans la personne de tous les bons citoyens !...

Sache que tout homme qui s'élèvera pour défendre la cause et la morale publique sera accablé d'avanies et proscrit par les fripons; sache que tout ami de la liberté sera toujours placé entre un devoir et une calomnie; que ceux qui ne pourront être accusés d'avoir trahi seront accusés d'ambition; que l'influence de la probité et des principes sera comparée à la force de la tyrannie et à la violence des factions; que ta confiance et ton estime seront des titres de proscription pour tous tes amis; que les cris du patriotisme opprimé seront appelés des cris de sédition, et que, n'osant t'attaquer toi-même en masse, on te proscrira en détail dans la personne de tous les bons citoyens, jusqu'à ce que les ambitieux aient organisé leur tyrannie !

Tel est l'empire des tyrans armés contre nous, telle est l'influence de leur ligue avec tous les hommes corrompus, toujours portés à les servir. Ainsi donc, les scélérats nous imposent la loi de trahir le peuple, à peine d'être appelés dictateurs ! Souscrirons-nous à cette loi ? Non ! Défendons le peuple, au risque d'en être victimes ; qu'ils courent à l'échafaud par la route du crime, et nous par celle de la vertu !

Dirons-nous que tout est bien ? Continuerons-nous de louer par habitude ou par pratique ce qui est mal ? Nous perdrions la patrie. Révélerons-nous les abus cachés ? Dénoncerons-nous les traîtres ? On nous dira que nous ébranlons les autorités constituées, que nous voulons acquérir à leurs dépens une influence personnelle. Que ferons-nous donc ? Notre devoir. Que peut-on objecter à celui qui veut dire la vérité, et qui consent à mourir pour elle ?

Disons donc qu'il existe une conspiration contre la liberté publique ; qu'elle doit sa force à une coalition criminelle qui intrigue au sein même de la Convention ; que cette coalition a des complices dans le Comité de Sûreté générale et dans les bureaux de ce comité, qu'ils dominent ; que les ennemis de la République ont opposé ce comité au Comité de Salut public, et constitué ainsi deux gouvernements ; que des membres du Comité de Salut public entrent dans ce complot ; que la coalition ainsi formée cherche à perdre les patriotes et la patrie.

Quel est le remède à ce mal ? Punir les traîtres, renouveler les bureaux du Comité de Sûreté générale, épurer ce comité lui-même, et le subordonner au Comité du Salut public ; épurer le Comité de Salut public lui-même, constituer l'unité du gouvernement sous l'autorité suprême de la Convention nationale, qui est le centre et le juge, et écraser ainsi toutes les factions du poids de l'autorité nationale, pour élever sur leurs ruines la puissance de la justice et de la liberté : tels sont les principes.

S'il est impossible de les réclamer sans passer pour un ambitieux, j'en conclurai que les principes sont proscrits et que la tyrannie règne parmi nous, mais non que je doive le taire; car que peut-on objecter à un homme qui a raison et qui sait mourir pour son pays ?

Je suis fait pour combattre le crime, non pour le gouverner. Le temps n'est point arrivé où les hommes de bien peuvent servir impunément pour la patrie; les défenseurs de la liberté ne seront que des proscrits tant que la horde des fripons dominera.

*
* *

Michelet, ce grand résurrecteur, qui se montre si sévère pour Robespierre, n'a pu s'empêcher de l'admirer. Le prenant au début de sa carrière, il écrit sur lui ces magnifiques paroles : « Libre des hommes « d'expédients, il se fit l'homme des principes... Ils « intriguaient, ils s'agitaient, et lui, immuable.

« Une seule figure disait : « Je suis honnête. » « L'habit le disait aussi, le geste le disait aussi.

« Le peuple a tellement faim et soif du droit, que « l'orateur des principes, l'homme du droit absolu, « l'homme qui préférait la vertu, et dont la figure sé- « rieuse et triste en semblait l'image, devint le favori « du peuple. »

Et Michelet, racontant plus tard la mort de Robespierre, trace cette ligne magistrale : « Puis, il y eut un « coup sourd : le grand homme n'était plus. » Quelle oraison funèbre !

Robespierre possédait une volonté de fer, une ténacité inflexible. Plus la Révolution s'avance, plus son zèle redouble. Arrivé d'Arras, inconnu, pour siéger aux

États-Généraux, il se met à la besogne sans retard, grandit, menace, frappe, supprime; et enfin, par le seul prestige de son caractère, sans autre titre que son mandat de député, il devient la pierre angulaire de la République.

III

L'ASCENDANT MORAL DE ROBESPIERRE
SAINT-JUST

C'est sous l'inspiration de ces pensées multiples, que nous avons écrit cet essai, ces aperçus.

Nous avons voulu dégager la philosophie révolutionnaire, en mettant en scène les hommes qui en ont été les plus hautes personnifications, à un moment donné. Nous avons choisi Robespierre, comme notre héros principal, par la raison historique qu'il a été le dominateur de son époque; et par cette raison morale que plus la vie d'un citoyen a été pure, plus elle mérite l'attention de l'écrivain.

Le dirons-nous? — Robespierre nous attire, parce qu'il est le grand calomnié de l'histoire. La mémoire de ce juste a subi toutes les avanies. La haine a inventé, pour la ternir, les abominations les plus noires. L'ignorance et l'imbécillité méchante sont venues à la rescousse. Pour Robespierre, on a falsifié les faits : bien plus, on les a négligés complétement. On a substitué des probabilités sentimentales, là où brille l'évidence même de la raison.

Nous avons la certitude que ces perpétuelles calomnies autour d'un homme excitent de secrètes et profondes sympathies dans les esprits qui ont un jugement droit, qui se taisent le plus souvent, mais qui n'en forment pas moins un faisceau de forces, terribles à certaines heures.

*
* *

Fils de la Révolution, nous l'admirons dans son ensemble. Si nous pensons que Robespierre est plus digne, à certains égards, d'attirer la pensée du philosophe, nous n'en aimons pas moins les hommes qui siégaient à l'Hôtel-de-Ville.

Encore une fois, nous n'accusons pas ici des préférences de gouvernement ni nos convictions sociales, à proprement parler.

Partisan de l'autonomie de l'individu, de l'indépendance des communes, et de la libre fédération des groupes constitués, nous n'avons pas à nous rattacher à la politique des hommes de 93, considérés comme hommes de gouvernement.

Nous choisirons un autre terrain, le jour où nous voudrons arborer notre programme.

Ce que nous admirons en eux, ce sont les qualités civiques, les vertus générales, qui sont de tous les temps et de toutes les époques, l'énergie, le désintéressement, le courage, les allures viriles, le langage stoïque, l'éloquence superbe, ce que Louis Blanc appelle « l'enthousiasme du cerveau ».

*
* *

A côté de Robespierre, nous avons mis plus spécialement en relief Saint-Just, son ami.

Nous avons pour Saint-Just une véritable affection. Il ne céda jamais. Il burina les doctrines révolutionnaires en axiomes immortels.

C'est lui qui disait : « On ne peut régner innocemment. » — « La patrie n'est pas le sol ; elle est la communauté des affections. » — « Un gouvernement républicain a la vertu pour principe : sinon la terreur : Que veulent-ils, ceux qui ne veulent ni vertu, ni terreur ? » — « C'est une horreur qu'on soit obligé de demander justice. » — Je ne connais que le *juste* et l'*injuste*. Ces mots sont entendus par toutes les consciences. » — « L'homme et la femme qui s'aiment sont époux. » — « Le prix d'éloquence sera donné au laconisme, à celui qui aura proféré une parole sublime, dans un péril. »

C'est Saint-Just qui disait encore qu' « on voit sur le front des pervers, occupés à ourdir l'esclavage, des rides sombres et criminelles ».

Dans la République, comme nous l'entendons, on devrait faire apprendre par cœur, à la jeunesse, les discours de Saint-Just.

Il est un fait remarquable dans sa vie, et trop négligé par les historiens. Il n'assista pas à la fête de l'Être suprême. Il dut comprendre évidemment que Robespierre allait à sa perte dans cette circonstance.

*
* *

> . . . Quelle franchise auguste,
> De mâle constance et d'honneur
> Quels exemples sacrés, doux à l'âme du juste,
> Pour lui, quelle ombre de bonheur;
> Quelle Thémis terrible aux têtes criminelles,
> Quels pleurs d'une noble pitié,
> Des antiques bienfaits quels souvenirs fidèles,
> Quels beaux échanges d'amitié
> Font digne de regrets l'habitacle des hommes?

dit André Chénier dans sa dernière poésie.

Nous lui répondons en lui citant Saint-Just et Robespierre.

Ils étaient faits pour se comprendre, ayant tous les deux, à un haut degré, les passions de l'esprit.

Disciples de Rousseau et de Montesquieu, imbus des souvenirs de Rome, d'Athènes et de Sparte, et, eux-mêmes, avant tout, ils étaient dignes de fonder la République, et de mourir pour la Justice.

Ils rappellent ces héros antiques, qui allaient au combat, unis au poignet par une chaîne d'or, afin de n'être séparés ni dans le triomphe, ni dans la mort.

*
* *

Robespierre avait inspiré à tous les patriotes sin-

cères une sympathie touchante. Il avait fait du Club des
Jacobins une puissance redoutable pour les ennemis du
peuple. C'est là que venaient l'entendre, la journée
finie, les artisans, les travailleurs, qui connaissaient son
genre de vie si simple chez un des leurs, et qui se
trouvaient honorés de voir le premier citoyen de la
République partager les mœurs sans faste et s'abriter
sous l'humble toit d'un ouvrier.

Ils n'étaient point pour le tribun d'aveugles flatteurs. Bien au contraire. Ils contrôlaient, avec un soin
jaloux, tous ses actes, tous ses discours. Il vivait, pour
ainsi dire, sous le feu constant de leurs regards. Leur
loyauté désintéressée, leur salutaire défiance, étaient
pour lui de nouveaux motifs de suivre sans faiblir la
ligne droite des principes.

Certes, c'était une douce récompense pour Robespierre, lui, disciple de Jean-Jacques Rousseau, de se
sentir aimé et applaudi par tant de républicains purs,
par tant de prolétaires avides de justice.

Que de pensées généreuses et émues durent naître
dans son cœur, quand il sortait de ces séances du Club
des Jacobins, et qu'il venait de réveiller l'ardeur des
patriotes par ces harangues magnifiques, par ces accents
de sublime patriotisme, comme il savait en trouver, au
milieu des grands événements qui marquaient chaque
jour l'ère de la Révolution !

Nous comprenons les dévouements qu'inspira ce
grand homme ; les amitiés qui l'entourèrent, et qui lui
restèrent fidèles jusque sur le plateau de la guillotine.

Et qui donc, en vérité, inspirerait la sympathie, l'admiration, le respect, l'amitié, sï ce n'était le citoyen qui donne tout son temps, tous ses travaux, tous ses efforts à la défense des libertés populaires, au bonheur du genre humain?

*
* *

Que de fois, dans la solitude et la rêverie des bois, nous avons pensé à cette foule anonyme de bons citoyens qui furent le foyer même de la Révolution! Le Club des Cordeliers eut Danton, colossale figure, géant d'audace dont la voix tonnante remuait les faubourgs. Le Club des Jacobins eut Robespierre dont la philosophie austère consolait les humbles.

Quand tous les deux furent morts, ceux qui les avaient entendus durent en parler souvent, au coin de l'âtre, le soir, à leurs enfants. *Vivre ainsi, c'est posséder la gloire.*

Les Conventionnels qui survécurent à la tempête ne parlèrent plus tard de Robespierre qu'avec respect, même ses ennemis les plus acharnés.

« Un jour, dit Louis Blanc, Barère, vieux et déjà un pied dans la tombe, reçoit la visite de David (d'Angers). L'artiste républicain venait lui faire part d'un projet de couler en bronze le portrait des hommes les plus célèbres de la Révolution. Il lui nomme Danton. Barère, qui était couché, se lève brusquement sur son séant, et, le visage animé par la fièvre, s'écrie : « Vous « n'oublierez pas Robespierre, n'est-ce pas? Car c'était

« un homme intègre, un vrai républicain. Son irascible
« susceptibilité, son injuste défiance envers ses collè-
« gues, le perdirent... Ce fut un grand malheur! » Il
s'arrêta très ému, pencha sa tête sur sa poitrine, et de-
meura perdu dans ses pensées. »

IV

LA MAISON DU GRAND HOMME

Les femmes aimaient entendre Robespierre. Elles
voyaient en lui l'incarnation de la justice. Le style
épuré de ses discours, sa période qui rappelait Jean-
Jacques-Rousseau, ses comparaisons ardentes puisées
dans la nature, sa mise soignée et correcte, son élégance simple, exerçaient sur elles une fascination
étrange.

La femme a un sentiment vif de ce qui élève le
cœur, et agrandit la pensée. Elle a plus d'ambition
qu'on ne le croit généralement, et comprend très bien
la philosophie de la Révolution. L'attention du Légis-
lateur doit s'en préoccuper.

Pour les femmes, Robespierre est un type de beauté
morale qui les attire, les effraye peut-être, les étonne,
et finit par les séduire.

Mais elles n'osent le dire. Les préjugés les retiennent. L'ignorance qui les entoure est une chaîne si difficile à briser !

*
* *

Nous avons visité à Arras la maison où naquit Robespierre, où il passa ses premières années d'enfance et de jeunesse. Elle est modeste, située dans une rue étroite et sombre, non loin de la place de la ville et de l'église.

Devant ce seuil nous restâmes longtemps silencieux, absorbé par la destinée du « grand homme », selon le mot de Michelet. L'habitant de cette maison nous dit : « C'est là qu'était sa table de travail, près de cette fenêtre... Mais, tout est bien changé... »

Oui, en effet, « tout est bien changé ». La Révolution a bouleversé la face du monde, et elle est à peine à sa première étape. Nous en verrons bien d'autres.

Les contemporains de Robespierre lui donnèrent le surnom d'*Incorruptible*. La postérité le lui conservera, et il restera, avec Saint-Just, son ami, le type le plus pur du républicain révolutionnaire.

4

DEUXIÈME PARTIE

TABLEAUX TRAGIQUES
Sur la Révolution

Dans l'essai tragique qui va suivre, nous n'avons voulu
avoir recours à aucune intrigue de théâtre. Nous avons pris
quelques points historiques où a figuré le chef de la Montagne.
Nous en avons fait des tableaux qui se succèdent naturellement, comme les actes de la vie d'un homme public. Nous
voudrions que notre œuvre fût comme un prisme dont les faces
diverses n'altèrent point l'unité.

PERSONNAGES :

ROBESPIERRE,   membre de la Convention.
Éléonore DUPLAY,   fiancée de Robespierre.
SAINT-JUST,   membre de la Convention.
DANTON,   id.
MARAT,   id.
COUTHON,   id.
BILLAUD-VARENNES,   id.
COLLOT-D'HERBOIS,   id.
BARÈRE,   id.
CARNOT,   id.
PRIEUR,   id.
LINDET,   id.
LEBAS,   id.
ROBESPIERRE Jeune,   id., frère de Robespierre.
DUPLAY,   hôte de Robespierre.
COFFINHAL,   ami de Robespierre.
HENRIOT,   id.
PAYAN,   id.
Léonard BOURDON,   conventionnel, ennemi de Robespierre.
DULAC,   ennemi de Robespierre.

(Les événements se passent à Paris, de 1792 à 1794.)

PREMIER TABLEAU

—

La Veillée de l'An I

— Novembre 1792 —

—

ARGUMENT

A la Législative avait succédé la Convention. Celle-ci venait d'abolir la royauté, à la voix tonnante de l'abbé Grégoire et de Collot-d'Herbois. Louis XVI était prisonnier au Temple. Saint-Just, âgé de vingt-quatre ans, commençait alors sa carrière politique. Il siégeait avec Robespierre à la Convention, et était devenu son ami intime, son bras droit.

Il brûlait du désir de se signaler par des actions d'éclat. Sombre, il se promenait souvent seul dans les jardins publics, accablé sous le poids de ses vastes pensées. Le procès de

Louis XVI lui parut une occasion propice pour donner à la République une impulsion nouvelle, pour lui communiquer l'étincelle électrique, et lui faire apercevoir le génie même de la Révolution.

C'est dans cette circonstance qu'il pria Robespierre de le laisser ouvrir les débats sur le sort de Louis XVI, et de parler le premier au nom de la Montagne. Robespierre y consentit, sachant bien que son ami serait à la hauteur de la tâche.

Saint-Just, en effet, prononça à la séance de la Convention, le 13 novembre 1792, un discours comme jamais aucun homme n'en avait fait entendre avant lui. Ce discours est un des chefs-d'œuvre de l'esprit humain. Le style est empreint de cette tristesse propre aux génies transcendants. La grandeur des pensées domine toutes les époques, tous les siècles.

En entendant Saint-Just, « les tribunes, dit Michelet, sentirent la main d'un maître, et frémirent de joie ».

Nous avons voulu, dans la *Veillée de l'an I*, caractériser les hautes régions sociales où s'était formée l'amitié de Saint-Just et de Robespierre, et dégager l'inflexible énergie de ces deux grands hommes.

LA VEILLÉE DE L'AN I

La scène se passe, la nuit, dans la chambre de Robespierre, chez le
menuisier Duplay, quelques jours avant l'ouverture des débats
du procès de Louis XVI. (Novembre 1792 — an I de la République). — A droite, une table chargée de papiers ; quelques
chaises, une petite bibliothèque. — A gauche, le lit de Robespierre. — L'ensemble est d'une très grande simplicité.

ROBESPIERRE, SAINT-JUST

SAINT-JUST

Robespierre, tu sais que je suis ton ami :
Ma raison s'est émue, et mon cœur a frémi
Au bruit de tes discours et de ta renommée.
Je n'étais qu'un enfant sans force, qu'un pygmée ;
Je végétais dans l'ombre et dans l'obscurité...
Mais mon cœur pour la gloire et pour la liberté
Battait dans le silence, et dans la solitude.
J'entrevoyais qu'un jour l'abjecte servitude
Serait anéantie, et que l'égalité
Nous livrerait les rois avec la royauté.

Je brûlais du désir d'entrer dans la mêlée :
Triste, je consumais ma jeunesse isolée
Dans les fiers souvenirs des antiques Romains...
Que j'ai passé de jours, la tête dans mes mains,
A réveiller les morts des grandes Républiques,
A descendre avec eux sur les places publiques !
Je songeais à la mer que tourmente le vent ;
Je sentais le destin me pousser en avant,
Et les larmes parfois rouler sous ma paupière !
Je voulus te connaître, et tu sais, Robespierre,
Comment tu m'accueillis, et comment j'ai quitté
Les champs et la vallée où j'ai tant végété !
Je siége à tes côtés aux bancs de la Montagne ;
Avec toi je travaille ; aux clubs je t'accompagne...
Mes rêves d'autrefois s'accomplissent enfin ;
J'ai trouvé pour abri ta volonté d'airain.

ROBESPIERRE

Oui, Saint-Just, j'ai guidé tes pas dans la carrière.
Tu marches sans fléchir, et sans voir en arrière :
Tu me devances même, et tu voudrais briser
D'un seul coup ce vieux monde, et le pulvériser.
Ah ! je suis consolé par ta mâle énergie
Des coupables lenteurs et de la léthargie
Où la Convention se repose, et s'endort !
Ton amitié m'est chère, et je me sens plus fort,
En appuyant sur toi mon œuvre et ma pensée.
La Révolution à peine est commencée ;
Nous n'avons, jusqu'ici, fait qu'ouvrir le chemin

Où le Droit méconnu s'élancera demain.
Que d'obstacles encore il faut jeter par terre,
Avant que la Justice, à la démarche austère,
Ne demande à la loi le faisceau des licteurs
Pour frapper le tyran et les conspirateurs !
Louis, dans sa prison, brave la République,
Et nous le protégeons d'une garde publique !
Et le peuple est trahi par ses représentants !
Il est temps d'en finir, ô Saint-Just ! Il est temps
D'arrêter les complots de l'impure Gironde ;
D'obéir à l'ardeur de la foule qui gronde ;
Et, sans perdre un moment, d'instruire le procès
Du despote parjure, assassin des Français !
— Fatal dépôt qu'un roi, qui nous force à suspendre
Nos lois pour le juger, nos travaux pour l'entendre !
Mais, je veux, dès demain, à la Convention,
Proposer le décret de l'accusation :
Je veux que la Montagne avec nous se soulève,
Et que, dans un seul jour, tout commence et s'achève !

SAINT-JUST

J'étais venu ce soir pour t'en entretenir
De ce roi dont il faut pourtant se souvenir.
Je pense, comme toi, que la mesure est pleine,
Et qu'il faut inspirer la terreur à la Plaine :
Car, partout, dans les clubs et dans les sections,
On censure, à bon droit, nos hésitations.
Mais, puisqu'il faut agir, laisse-moi, Robespierre,
Sur ce grave sujet, te faire une prière...

Tu ne m'en voudras pas si, pour me signaler,
Dans ce procès de roi, je cherche à t'égaler.

ROBESPIERRE

Tu sais bien, cher ami, que ma gloire est la tienne,
Et que ta volonté se confond dans la mienne.
Nous avons dans l'État les mêmes sentiments,
Et nous sommes unis par les mêmes serments.
Le peuple nous compare au roc indestructible
Puisant au fond des mers sa force incorruptible.

SAINT-JUST

Le procès du tyran va donc enfin s'ouvrir...
Les sophistes sur lui voudront nous attendrir :
Ils sauront, j'en suis sûr, inventer des alarmes,
Obtenir des délais, et provoquer des larmes!
Tu l'as dit : il importe, en ce fatal débat,
D'aller à l'ennemi, comme dans un combat,
D'écraser sous la peur les lâches attitudes,
D'éviter les lenteurs, et les incertitudes...
Eh bien! ami! permets, du moins pour une fois,
Qu'avant toi l'on m'entende ici lever la voix...
Laisse-moi, le premier, monter à la tribune,
Affirmer pour les rois notre haine commune,
Et faire apercevoir à la Convention
Comme elle méconnaît la Révolution!
Je le prendrai de haut avec la tyrannie,
Et je l'accablerai de ma froide ironie.
Je n'aurai point recours au langage fleuri;

Ma harangue sera pareille au pilori,
Et vibrera dans l'air avec l'éclat d'un glaive.
En un mot, tu seras content de ton élève !

ROBESPIERRE

Je m'étais réservé cette discussion ;
Et j'ai déjà bâti, dans la réflexion,
La trame d'un discours... Mais, puisque tu désires
Communiquer à tous l'ardeur que tu respires,
Je ne puis qu'approuver ta noble ambition,
Et te laisser remplir ma propre mission.
Couvre-toi de lauriers dignes du Capitole !
Après toi seulement je prendrai la parole,
Et de l'égalité, soulevant le niveau,
Je ferai resplendir un horizon nouveau.
Mais souviens-toi qu'il faut bouleverser le monde,
Plonger dans le néant le despotisme immonde !
Songes que nous parlons à la postérité,
Et que nous défendons toute l'humanité.
Remonte aux temps passés ; interroge l'histoire,
Et dresse un monument de logique et de gloire !
Que ta parole brève, et ton geste viril
Éclairent l'Assemblée, et montrent le péril
Qu'aux peuples, qu'aux États font courir les despotes :
Ami, surpasse enfin les plus grands patriotes !

SAINT-JUST

Demain, tu m'entendras, Robespierre, et demain
Tu diras si je suis le rival d'un Romain ;

Si je comprends l'amour de ton cœur heroïque,
Et cherche à réveiller ton astre, ô République!
Mais, ne vois-tu pas l'aube, à travers ces volets?
Nous nous sommes compris. Je te quitte, et je vais
Reposer un moment ma tête appesantie.
J'aurai soin que bientôt la Montagne avertie
Se lève à notre appel dans un suprême élan,
Et brise à tout jamais le sceptre du tyran.
Je sens grandir encor notre amitié féconde;
Robespierre, à nous deux, nous portons tout un monde!

ROBESPIERRE

Ah! je m'estime heureux d'avoir un tel ami,
Et de trouver ainsi son courage affermi
Pour lutter avec moi contre la tyrannie!
Mon espoir, ô Saint-Just, s'échauffe à ton génie!
La République seule enfante des héros
Dont les hommes plus tard béniront les travaux!
C'est le soleil qui brille, et confond l'imposture,
Et c'est la grande voix qui remplit la nature!

DEUXIÈME TABLEAU

—

Les Trois

— Mars 1793 —

—

ARGUMENT

Marat, Robespierre et Danton sont réunis dans l'arrière-boutique d'un cabaret de la rue du Paon. Marat, la saine défiance ; Robespierre, la logique et l'incorruptibilité ; Danton, la force, la virulence, le métal en fusion avec son écume à la surface. Trois géants. Ajoutez Saint-Just, la justice froide, et Condorcet, la science, vous aurez le génie humain tout entier, la Révolution complète. Au-dessus, plane l'idée du peuple, supérieure à tout.

Danton commence à sentir la fatigue. Il aspire, « sinon à descendre », du moins à se reposer. La lymphe va dominer chez lui. Un gouvernement organisé ferait assez son affaire. La machine, une fois lancée, marcherait toute seule. Il viendrait de temps en temps la surveiller, et, de sa voix de tonnerre, lui redonner le mouvement.

Dans tout gouvernement proprement dit, Marat voit une peste. Non. Pas de rois, même s'ils s'appellent Danton. Que veut Marat? — Une dictature. Et par là il entend un comité d'hommes purs et éclairés, qui faciliteront la besogne au peuple, qui seront là uniquement pour aller plus vite. Ce comité, ou dictature, ne sera pas un gouvernement. Ses membres ne seront que la volonté incarnée du peuple. Il est clair qu'à ses yeux ils mériteraient la mort, s'ils osaient vouloir par eux-mêmes, en dehors du peuple.

Tâche immense, dangereuse! Qui la remplira? Marat a sous la main Danton et Robespierre, et lui-même. Il songe sans doute à unifier ces trois puissances.

Mais, si Robespierre est pur, Danton l'est-il? Et si Danton s'allie à Marat, Robespierre, lui, s'alliera-t-il à ces deux?

Et d'ailleurs, Marat n'a-t-il pas peur de Robespierre? Qui ne tremble devant un tel accusateur? Robespierre rejette avec mépris le plan de dictature de Marat. Le peuple ne peut pas, ne doit pas courir le danger de se donner un maître.

Le devoir, à ses yeux, est ainsi : « Membres de la Convention, ayant reçu un mandat déterminé, ils doivent éclairer le peuple, l'activer dans la sphère où il les a mis. Le peuple seul est souverain et dictateur. »

Marat regrette de n'être pas compris. La discussion s'anime. Danton et Robespierre se menacent. L'œil de Marat les surveille.

C'est ainsi que nous avons compris l'entretien de ces trois hommes, dans le cabaret de la rue du Paon, quelques mois après la mort de Louis XVI, et à la veille de la mise en accusation des Girondins.

LES TROIS

La scène se passe dans une arrière-boutique d'un cabaret de la rue
du Paon. — Une table. — Des papiers.

—

ROBESPIERRE, MARAT, DANTON

DANTON

Comprenez-vous, Messieurs, la situation
Qu'à tous les trois nous fait la Révolution ?
Jusqu'ici, nous avons pris plaisir à détruire ;
La besogne était belle, et pouvait nous séduire :
Quant à moi, j'ai frappé sans ménager les coups ;
Et, comme il fallait être ou dessus ou dessous,
J'ai fait le premier choix, et je m'en trouve à l'aise.
Mais, bien que le combat me captive et me plaise,
Nous ne pouvons longtemps vivre sans rebâtir ;
Sinon, nous finirions par nous anéantir.
Quelle marche en nos mains suivra la République ?
Nous sommes réunis pour que chacun s'explique.

MARAT

Et je vais m'expliquer, sans plus tarder, Danton.
Tu dis qu'il faut se mettre à bâtir. A quoi bon?
Crois-tu donc que déjà notre tâche est finie,
Et, qu'étant délivrés de toute tyrannie,
Nous n'avons qu'à laisser grandir la Liberté,
Comme le blé qui pousse aux champs, pendant l'été?
Quel est donc l'idéal où ton esprit aspire?
Eh quoi! ne sais-tu pas que partout l'on conspire;
Qu'au dedans, qu'au dehors nous sommes entourés
De traîtres corrompus, de scélérats tarés?
A t'entendre, on dirait que la foule affranchie
Te trouble et te fait peur, que tu crains l'anarchie,
Et que ton plus doux rêve est un gouvernement
Dont ton ambition ferait son instrument.
Je n'aime point cacher la vérité brutale;
Et vous suivez, Messieurs, une pente fatale,
En voulant être aussi rois à votre façon.
Songez-y, le pouvoir frise la trahison,
Se soutient par l'intrigue, et vit par l'imposture :
Je ne le confonds pas avec la dictature,
Dont la froide justice est le régulateur,
Et qui du peuple fait son organisateur.
Je l'ai préconisée, et la soutiens encore :
Comme je la comprends, elle peut faire éclore
Le règne fraternel des citoyens égaux,
Et frayer le chemin à des progrès nouveaux.
Mais quels hommes choisir assez purs pour être
Les initiateurs de ce régime à naître?

ROBESPIERRE

Épargne-nous, Marat, le soin d'un dictateur :
Ce que le peuple veut, c'est un accusateur
Qui découvre avec soin les fautes et les crimes,
Qui surveille de près les complots anonymes,
Et s'en remette ensuite à la Convention,
Dont le mandat sacré vient de la nation.
Je t'accorde qu'il reste un grand effort à faire,
Que d'impurs éléments souillent notre atmosphère,
Et qu'il faut éclairer la sombre profondeur
Où j'aperçois cachés tant de gens sans pudeur.
Imprimons une ardeur nouvelle à l'Assemblée,
Et mettons sous ses yeux l'intrigue dévoilée.
Épurons le métal ; frappons avec les lois
Les citoyens suspects, et les valets des rois ;
Et renouvelons tout du sommet à la base ;
J'y consens volontiers : c'est le devoir sans phrase !
C'est notre mission : je n'y saurais faillir :
Celui qui la comprend me verra l'accueillir.
Mais je n'accepte pas un plan de dictature,
Quels que soient son auteur, son prix et sa nature.
Le peuple seul est maître : à lui de commander !
A nous de le servir ! à nous de le guider !

MARAT

En quoi diffère au fond ta subtile argutie
De ma solution nette, franche, éclaircie ?
Ne devines-tu pas, dans mon raisonnement,
L'avantage certain d'agir résolument ?

Ta logique en défaut te perdra, Robespierre :
Des mots, vides de sens, t'opposent une barrière.
En Révolution, il faut moins s'arrêter
A la lettre qui tue, et moins argumenter.
Tu renfermes ton cœur dans des bornes étroites,
Et tu définis mal le sort que tu convoites.
J'admire tes vertus et te plains à la fois ;
Car de tes fines mains peux-tu lever le poids
Qui nous barre la route, et pèse sur nos têtes ?
Et peux-tu déchaîner le souffle des tempêtes,
La foudre vengeresse, et le bras plébéien,
Qui balaîra la place, et n'épargnera rien ?
Ah ! Danton, comme lui, que n'as-tu les mains pures !
Et faut-il que ta vie ait des pages obscures !

DANTON

Citoyens, grâce au ciel, je suis encor debout,
Et suis prêt à confondre, à briser d'un seul coup
Les calomniateurs que gêne ma présence,
Et dont ma force fait ressortir l'impuissance !

ROBESPIERRE

Garde-la, cette force : elle te servira
Pour le jour et pour l'heure où l'on t'accusera.

DANTON

J'attendrai de pied ferme et ce jour et cette heure !
Rappelez-vous, Messieurs, que celui qui m'effleure
Se souvient de l'affaire et porte mon blason.
Ma présence déjà le met à la raison !

ROBESPIERRE

Pour tes juges certains réserve ta colère !
Sans doute, tu te prends pour la pierre angulaire
Qui soutient nos espoirs et porte nos destins !
Je ne relève pas tes défis enfantins.
Peut-être verrons-nous baisser ton insolence,
Quand bientôt tu seras pesé dans la balance !

DANTON

Seras-tu plus heureux, et seras-tu plus fort,
Si Danton se retire, ou monte vers la mort ?
Va ! je n'ai guère peur devant ta guillotine ;
Le monde me fatigue, et j'en ai la routine.
Que m'importe, après tout, un déboire de plus !
Tes soucis, tes projets, sont pour moi superflus.
Ne me redoute pas, défiant Robespierre !
Je t'aiderai plutôt, pour grandir ta carrière,
Et je me réjouirai, si ton cœur généreux
Soulage l'infortune, et plaint les malheureux !

MARAT

Quoi qu'il puisse arriver, Messieurs, je vous surveille :
J'ai l'œil très bon, et tout parvient à mon oreille.
Je connais Robespierre, et je connais Danton ;
D'un côté Lucullus, et de l'autre Caton !
Allez ! Pour tous le peuple est un juge suprême,
Et malheur à celui qui ne voit que lui-même !

ROBESPIERRE

Seul et toujours le peuple est mon guide et mon frein ;
J'accepte sans pâlir son verdict souverain.

TROISIÈME TABLEAU

—

La Forêt de Montmorency

— Mai 1793 —

—

ARGUMENT

Robespierre vivait dans l'intimité de la famille d'un arti-
san, le menuisier Duplay. La femme et les filles de ce dernier l'entouraient de soins touchants. Les rares moments de
repos que lui laissaient ses travaux et les séances de la Convention, des Comités et du Club des Jacobins, il les passait
au milieu de cette famille simple, dévouée à la République,
et fière du grand homme qu'elle abritait sous son toit.

Robespierre servait de précepteur aux filles Duplay, et
l'une d'elles, Éléonore, remarquable par sa beauté et son
caractère énergique, était sa fiancée.

Il avait promis de l'épouser quand la Révolution serait terminée. Son rêve était, comme il le disait lui-même, de se retirer, avec elle, dans une ferme de son pays natal, après avoir, avec le peuple, fondé la Liberté, et assis la République sur une base inébranlable.

Il avait pour cette jeune fille la plus tendre affection. Elle, de son côté, l'aimait avec passion, mais aussi avec ce respect qu'inspirait Robespierre à tous ceux qui l'approchaient. Elle veillait sur lui, comme un bon génie, et s'alarmait des dangers de toute sorte qui environnaient le tribun.

Parfois, Robespierre menait la famille Duplay au Théâtre-Français, à quelque représentation de Corneille ou de Racine.

Souvent aussi, à la maison, il lisait à ses hôtes les plus belles pages de Rousseau, ou commentait le génie de l'auteur de *Phèdre* et d'*Andromaque*. Il habituait ainsi Éléonore aux délicats plaisirs de l'intelligence, et développait en elle l'amour des grandes choses.

Il la mena, un jour, par un gai soleil de Floréal, dans la forêt de Montmorency, à l'Ermitage, pieux pèlerinage où tous ceux qui aiment Jean-Jacques Rousseau sont allés au moins une fois dans leur vie.

C'est la scène qui se passa là entre Robespierre et Éléonore Duplay, que nous retraçons dans les vers qui suivent.

LA FORÊT DE MONTMORENCY

La scène se passe dans la forêt de Montmorency,
au printemps de 1793.

ÉLÉONORE DUPLAY, ROBESPIERRE

ROBESPIERRE

C'est ici que Rousseau, ma chère Éléonore,
Venait cueillir des fleurs au lever de l'aurore.
C'est dans cette forêt que son cœur éperdu
A trouvé quelquefois un calme inattendu.
Ces arbres ont ému cet homme de génie,
Abreuvé par l'outrage, et par la calomnie.
Ne te semble-t-il pas que son doux souvenir
Autour de nous voltige, et nous veut mieux unir;
Que sa voix attendrie et pleine de mystère
Résonne autour de nous dans ce bois solitaire?

ÉLÉONORE DUPLAY

Tu me combles de joie, en me parlant ainsi,
Cher Maximilien, et mon cœur est saisi

Du trouble de l'amour que ta bonté m'inspire.
Ces parfums printaniers dans l'air que je respire,
Cette nature en fête et ce divin soleil,
Ces oiseaux, ces chansons, tout ce monde en éveil,
La verdure qui tremble, et les arbres eux-mêmes,
Tout me semble meilleur, en pensant que tu m'aimes !
Ami, si tu savais combien mes sœurs et moi
Nous avons de plaisir en vivant près de toi !
Combien tous nous t'aimons sous le toit de mon père !
Inquiète souvent, je pleure et désespère,
Quand je vois dans tes yeux la colère surgir :
Je tremble, je m'alarme, et je voudrais agir,
Pour gagner ton amour, et, grande citoyenne,
Élever ma pensée au niveau de la tienne !

ROBESPIERRE

Rassure-toi ! Plus tard viendront les jours heureux !
La vérité séduit le peuple généreux ;
Et j'entrevois déjà la fin de la carrière.
Quelques élans encor, pour franchir la barrière,
Et nous aurons fondé le règne fraternel
De la raison tournant sur son axe éternel ;
Et la Justice aura vaincu la servitude.
Nous irons vivre alors dans quelque solitude,
Loin des grandes cités et des bruyants discours.
Le devoir accompli grandira nos amours,
Et laissera nos cœurs sans arrière-pensée
De tristesse et de fiel. Alors, ma fiancée,
Nous aurons sur la terre un suprême bonheur,

Celui d'avoir lutté pour le droit et l'honneur,
Répandu le bon grain sur le sol de la France,
Et par la vérité remplacé l'ignorance!
Insensés ou pervers ceux qui ne voient en nous
Que des ambitieux, avides et jaloux
De contempler des morts, d'immoler des victimes;
Glorieux d'étouffer les désirs légitimes
Que la Nature a mis au fond du cœur humain,
Et prenant pour symbole un glaive dans leur main!
Vous qui me connaissez, qui partagez ma vie,
Et qui savez combien est injuste l'envie,
M'avez-vous entendu, quand nous causons le soir,
M'écarter du chemin tracé par le devoir?
Toi qui sais de quel feu mon âme est consumée,
As-tu jamais surpris, ma tendre bien-aimée,
Une parole, un geste, un regard de mes yeux
Qui puisse t'offenser, et me rendre odieux?
Si quelque autorité s'attache à ma personne,
Et si, pour démasquer les traîtres qu'il soupçonne,
Le peuple s'en remet à ma décision,
M'encourageant ainsi de son affection,
En dois-je la faveur à quelque flatterie?
Mes travaux ne sont-ils pas tous pour la patrie?
N'ai-je pas préféré l'austère pauvreté
A l'or impur qu'un jour m'offrit la royauté?
Ai-je comme Danton d'immorales faiblesses,
Et les honteux plaisirs que donnent les richesses?
Ai-je, comme jadis le bruyant Mirabeau,
Laissé, dans la débauche, éteindre le flambeau

De la droite raison, de la vertu civique,
Et, pour sauver un roi, trahi la République ?

ÉLÉONORE DUPLAY

Les meilleurs citoyens sont tes meilleurs amis,
Et tu peux être fier de l'espoir qu'ils ont mis
Dans l'effort incessant de ton patriotisme,
Et tes mâles accents contre le despotisme.
Ce qui me touche en toi, c'est ta simplicité,
Ton amour pour le faible et le deshérité.
Le soir, à la maison, quand tu nous lis Racine,
Au rythme des beaux vers ton regard s'illumine :
Je t'écoute, et je sens me gagner ton ardeur,
Et j'admire en tremblant ta stoïque grandeur.
Ah ! si du moins venait la fin de mes alarmes !
En secret, j'ai déjà répandu tant de larmes !

ROBESPIERRE

Devant ce gai soleil, et ce riche printemps,
Oublions aujourd'hui les chagrins attristants,
Et bannissons l'effroi, ma chère Éléonore.
Écoute au fond des bois la voix claire et sonore
Du rossignol qui chante et célèbre l'amour,
Et tous deux nous convie à fêter ce beau jour !
Accepte cette fleur, dans les mousses éclose !
Qu'elle embaume ton sein, et pardonne si j'ose
Déposer sur ton front un baiser chaste et pur.
Ah ! j'en prends à témoin ce ciel d'or et d'azur,
Je t'aime tendrement, et te donne ma gloire.

Et ce moment divin vivra dans ma mémoire !
Je t'évoque, à cette heure, ô sublime Rousseau,
Grand chêne près duquel je ne suis qu'un roseau !
Indomptable lutteur dont l'audace profonde,
Comme un airain vibrant, fit trembler tout un monde ;
Que ton génie altier m'enseigne le devoir,
Et, dans ces temps troublés, toujours me fasse voir
La route qu'il faut suivre avec persévérance.
Le triomphe est prochain, j'en nourris l'espérance ;
Mais, tant que je verrai des torts à redresser,
Des erreurs à confondre, et des rois à briser,
Je resterai debout pour semer la lumière,
Et la vérité peut compter sur Robespierre !

QUATRIÈME TABLEAU

—

Le Comité de Salut public

— Octobre 1793 —

ARGUMENT

Louis XVI avait porté sa tête sur l'échafaud. Les Girondins allaient mourir à leur tour. L'étranger envahissait la France. Les sophistes, ces éternels ennemis, semaient partout de fausses nouvelles et d'impures calomnies. Les valets du feu roi conspiraient contre la République. La Vendée se couvrait de crimes.

Bref, la situation était épouvantable. La Convention tint tête à l'orage, grâce à l'énergie de ses deux Comités de Sûreté générale, et de Salut public, et de son Tribunal criminel extraordinaire.

Le Comité de Salut public, composé de neuf membres, qui étaient alors Billaud-Varennes, Barère et Collot-d'Herbois; — Couthon, Saint-Just et Robespierre; — Carnot, Prieur et Lindet, fut vraiment admirable dans ces circonstances si difficiles. Il faut remonter jusqu'à Rome, au temps de sa liberté, pour trouver de pareils exemples de civisme, d'orgueil, de courage républicain, d'amour du peuple, de vertu. L'Histoire ne renferme rien d'aussi grand.

Au Comité de Salut public, Billaud-Varennes, Barère et Collot-d'Herbois formaient un groupe, et s'appelaient : *gens révolutionnaires*. Prieur, Lindet et Carnot prenaient le nom de *gens d'examen*.

Enfin, Couthon, Saint-Just et Robespierre formaient le terrible et supérieur triumvirat des *gens de la haute main*.

Dans la scène que nous retraçons, Saint-Just et Robespierre posent des principes de politique générale, et indiquent à leurs collègues que l'Unité et la Terreur peuvent seules sauver la République des dangers qui l'environnent. Robespierre, en passant, fait comprendre à Barère qu'il doit se tenir sur ses gardes, car il sait lire jusqu'au fond de sa conscience fuyante et indécise.

LE COMITÉ DE SALUT PUBLIC

La scène se passe dans la salle du Comité de Salut public. — Les membres de ce Comité sont assis autour d'une table, par groupes de trois. — Robespierre préside; Saint-Just est à sa droite, Couthon à sa gauche.

BILLAUD-VARENNES, COLLOT-D'HER-BOIS, BARÈRE, COUTHON, ROBES-PIERRE, SAINT-JUST, PRIEUR, CAR-NOT, LINDET.

BILLAUD-VARENNES

Tous les pouvoirs publics nous sont enfin remis :
Nous devons sans retard frapper nos ennemis !
Carnot, il t'appartient d'organiser l'armée :
Au bruit de nos canons, l'Europe est alarmée;

Que des succès nouveaux redoublent sa fureur,
Et que les rois ligués pâlissent de terreur !
Nous leur avons appris, en jugeant Louis Seize,
Le respect qu'a pour eux la nation française :
Eh bien ! Il faut encor prouver à leurs soldats
Que nous savons mêler la gloire des combats
Et la valeur guerrière à nos vertus civiques !
Il faut que, réveillé par nos élans stoïques,
Et voyant tout à coup la patrie en danger,
Le peuple entier se lève et chasse l'étranger !

CARNOT

Oui, sans doute, il convient que partout la victoire
Se promène en chantant sur notre territoire ;
Que l'ennemi recule ou tombe sous nos coups !
Il faut vaincre ou mourir, je le sais comme vous.
Mais, si puissants que soient des géants de vos tailles,
Suffit-il de vouloir pour gagner des batailles,
Et pouvons-nous combattre avec des régiments
Sans armes et sans pain, presque sans vêtements ?
Puis-je faire sortir des légions de terre,
Ou mettre le néant dans un plan militaire ?

SAINT-JUST

Ignores-tu, Carnot, ce que la liberté
Que l'on veut conquérir donne de fermeté !
Il faut envisager plus froidement les choses,
Et, pour chasser l'effet, en expliquer les causes.
Je sais que nos soldats sont dans le dénûment ;

Mais, devons-nous pour rien compter leur dévoûment?
Ce qui manque avant tout à nos jeunes armées,
Devant l'envahisseur subitement formées,
Ce sont des généraux, intrépides et forts,
Dans la même pensée unissant leurs efforts,
Soumis à nos décrets, et sentant sur leur tête
La Révolution à frapper toujours prête.
Ils doivent obéir, sans hésitation,
Aux ordres émanés de la Convention.
S'ils veulent discuter, déclarons-les coupables;
Et, s'ils étaient vaincus, soyons impitoyables!
Pour éclairer leur zèle et surveiller leurs camps,
Envoyons les meilleurs de nos représentants.
Si le chef a compris la grandeur de sa tàche,
Les soldats, près de lui, combattront sans relâche.
Ils ont des bras pour vaincre, ils ont des yeux pour voir!
Citoyens, c'est là tout ce que je veux savoir!

ROBESPIERRE

Il est, auprès de nous, d'autres périls encore.
Dans l'ombre, chaque jour, nous les voyons éclore.
Les traîtres ne sont pas tous avec l'étranger,
Et, plus d'un qui nous parle aime à nous outrager.
Ne les connais-tu pas, Barère, ces infâmes
Qui masquent de bons mots la noirceur de leurs âmes?
Ne les as-tu jamais croisés sur ton chemin,
Ces lâches scélérats qui nous tendent la main,
Et s'en vont nous couvrir de viles calomnies,
Croyant sauver ainsi leurs têtes impunies?

BARÈRE, terrifié.

Sommes-nous menacés de quelque coup d'État ?
Auriez-vous découvert quelque noir attentat
Contre la Liberté, contre la République ?
N'avons-nous pas des lois ? Eh bien ! qu'on les applique.

ROBESPIERRE

Tu seras satisfait, Barère, et tu verras,
Espérons-le du moins, punir les scélérats.
Nous pouvons défier la fortune contraire,
Si nous suivons un plan révolutionnaire.
A tous nos ennemis opposons l'unité,
Forte comme l'airain, de notre Comité !
Que le peuple assemblé soit l'étoile polaire
Qui dans tous nos travaux nous guide et nous éclaire.
Prenons notre mot d'ordre au Club des Jacobins,
Composé d'hommes purs et de bons citoyens.
Que Paris trouve en lui son grave aréopage !
Que dans la France entière il brille et se propage ;
Et, que pour l'examen des grandes questions,
Il serve de modèle aux autres sections !
Ranimons notre ardeur au sein de la Commune,
Et transformons ses vœux en lois à la tribune.
Et qu'aussitôt ces lois, décrets ou jugements
Soient transmis et connus dans les départements !
L'Administration doit être surveillée,
Et de haut jusqu'en bas partout renouvelée.
Comme l'a dit Saint-Just : Malheur aux généraux

Que nous ne verrons pas se conduire en héros!
Mettons au tribunal des juges inflexibles;
Nous-mêmes, plus que tous, soyons incorruptibles.
La Vendée, en prenant les armes pour le roi,
A mérité la mort, et s'est mise hors la loi.
Déjà son crime attend la peine capitale;
Elle apprendra bientôt la vérité fatale...
Telle est la mission qui nous vient du destin,
Et qu'il faut accomplir avec un front hautain.
Certes, la tâche est grande et le péril extrême;
Mais le salut public est notre loi suprême.
Nous laisserons, j'espère, à la postérité
Des souvenirs de gloire et de virilité;
Car nous aurons des rois délivré la patrie,
Et conquis aux souffrants, aux humbles de la vie,
Une place au soleil et des droits éternels;
Car nous sommes, enfin, des Conventionnels!

COUTHON

Nous lutterons toujours près de toi, Robespierre.
En t'écoutant parler, j'entrevois la carrière
Où tu veux que le peuple, épris d'égalité,
S'élance en combattant, et vive en liberté!

LINDET

N'oublions pas, Messieurs, que l'ennemi s'avance,
Que nos villes du Nord souffrent de sa présence!
J'admire et je conçois tes nobles sentiments,
Robespierre, et je veux, dans ces graves moments,

6

Espérer avec toi la victoire prochaine :
Mais, songez que là-bas un cercle nous enchaîne :
Songez à la frontière, à vos murs entourés
Par l'étranger vainqueur et par les émigrés.

PRIEUR

Les phrases, les discours, les plans, les théories,
Seuls, repousseront-ils des troupes aguerries ?
Donnez-nous des boulets, des canons, des soldats,
Et nous pourrons alors parler de résultats !

ROBESPIERRE

N'est-ce rien, à vos yeux, que le patriotisme ;
Que cette ardeur secrète, et que ce fanatisme
Qui font bondir le cœur de vengeance et d'espoir ?
N'est-ce rien, pensez-vous, que le cri du devoir ?
Si vous savez convaincre, émouvoir une armée,
Lui montrer, dans le deuil, la patrie opprimée,
Et si chaque soldat qui se lance en avant,
Dans les plis du drapeau, ballotté par le vent,
Voit le Droit apparaître et la Liberté luire,
Sans crainte à l'ennemi vous le pouvez conduire :
Si l'ignorant a peur, si l'esclave se vend,
Le citoyen qui pense est un héros souvent !

BILLAUD-VARENNES

C'est mon opinion. Messieurs, point d'équivoque :
Je le redis, frappons celui qui nous provoque.

Sur nos têtes voyez quels dangers suspendus !
Sachons les écarter, ou nous sommes perdus !

COLLOT-D'HERBOIS

Il ne nous reste plus qu'à lever la séance :
La besogne à nos yeux brille avec évidence.
Allons, sans rechercher d'autre solution,
Décréter la Terreur à la Convention !

CINQUIÈME TABLEAU

Le Neuf Thermidor

— Juillet 1794 —

ARGUMENT

Robespierre, entraîné malgré lui à l'Hôtel-de-Ville, par ses amis, le 9 Thermidor, refuse d'encourager l'insurrection contre la Convention. Pour lui, le dogme de la souveraineté du peuple est sacré. Plutôt mourir que d'y porter atteinte. En vain il est sollicité par ses amis et ses partisans de sortir de son impassibilité, et de sauver la République et lui-même. En vain, Saint-Just, Lebas, Couthon, Coffinhal, la Commune, le supplient d'adresser une proclamation au peuple, afin de l'éclairer et de lui faire comprendre où est le Devoir et la Justice. « Au nom de qui ? » répond-il. Et il ajoute : « Je ne veux pas donner l'exemple de la représentation nationale asservie par un citoyen. Nous ne sommes rien que par le peuple, nous ne devons pas substituer nos volontés à ses droits. »

Exemple sublime de désintéressement! Unité admirable dans le caractère! Les amis de Robespierre le comprennent, et se résignent à s'immoler pour la Révolution avec celui qui l'avait vue naître aux États-Généraux, et qui, en tombant, allait en fermer momentanément le cercle.

« Au nom de qui?... » « De pareilles hésitations perdent un homme, dit Louis Blanc, mais l'immortalisent. »

Qu'on se représente la scène grandiose qui se passa dans ces circonstances suprêmes, à l'Hôtel-de-Ville, et dans la salle dite *de l'Égalité*, où Robespierre et ses amis attendaient l'assaut des soldats de la réaction thermidorienne! Tous ces grands hommes sont à la fleur de l'âge. Saint-Just a vingt-six ans; Robespierre, trente-cinq. Ils savent que la mort est proche. Ils savent aussi que si Robespierre voulait encourager les sections soulevées, leur donner un mot d'ordre, approuver le mouvement insurrectionnel, ils seraient victorieux, frapperaient leurs ennemis, et poursuivraient leur glorieuse carrière.

Mais marcher contre la Convention, c'est marcher contre le peuple qu'elle représente. Robespierre, ce juste, leur fait comprendre cette fatale vérité.

Impassibles, donc, comme lui, ils attendent la canaille thermidorienne. Ils ont vécu pour la Justice, ils mourront pour elle.

Aux grands jours de sa formidable puissance, puissance qui lui venait seulement de son caractère, Robespierre s'adressant aux tribunes qui l'applaudissaient : « Peuple, s'écriait-il, fuis le spectacle de nos débats ; garde tes applaudissements! Loin de tes yeux, nous n'en combattrons pas moins. »

Robespierre, ses amis, les membres de la Commune de Paris, meurent sur l'échafaud. La vertu succombe. La Liberté se voile. La Révolution est suspendue.

Le lendemain de leur mort, les théâtres s'ouvrent !

Voici venir la corruption du Directoire qui doit enfanter l'Empire.

LE NEUF THERMIDOR

La scène représente la salle dite *de l'Égalité,* à l'Hôtel-de-Ville de
Paris, en 1794. — Autour d'une grande table, chargée de papiers
de toute sorte, Robespierre, Couthon, Saint-Just, etc., sont
assis. — La salle est remplie de monde : membres de la Commune,
soldats, amis de Robespierre. — Désordre tragique.

COFFINHAL, LEBAS, SAINT-JUST, RO-
BESPIERRE, DUPLAY, PAYAN, DULAC,
LÉONARD BOURDON, Membres de la
Commune, Foule.

COFFINHAL

Le peuple des faubourgs soutiendra la Commune ;
Il sait que, dans nos mains, nous portons sa fortune.
Le tocsin qui résonne émeut les sections :
Préparons, sans tarder, des résolutions
Qui soient à la hauteur du combat qui s'apprête,
Et marchons en avant sans que rien nous arrête.
Robespierre, tu peux compter sur tes amis :
Mais parfois les meilleurs doivent être affermis

Par un mot qui les frappe et qui les encourage ;
Et le chef aux soldats doit donner du courage.
Toi seul peux éclairer le peuple irrésolu,
Toi, son flambeau si pur, son guide et son élu !
Il demande un signal, ne le fais pas attendre !
La Convention tremble : allons pour la surprendre !

LEBAS

Oui, marchons sans retard ! La victoire est à nous !
Les scélérats bientôt tomberont sous nos coups.
Encor ce sacrifice, et ce sera le terme ;
Et nous pourrons du pied frapper la terre ferme ;
Et nous verrons partout l'horizon s'élargir.
Le temps presse et s'écoule : il importe d'agir !

SAINT-JUST

Tristement tu souris et te tais, Robespierre !
Un voile de dédain recouvre ta paupière.
Il s'agit de la vie, et tu restes muet !
Tu n'exprimes pas même un désir, un souhait.
Tranquille, verras-tu périr la République ?
N'entends-tu pas rugir sur la place publique
La foule qui demande où repose la Loi ;
Et, bravant le danger, veut combattre avec toi ?
Il ne faut point laisser se perdre l'énergie
Du peuple, dont l'espoir vers nous se réfugie.
Je t'en supplie, ami, fléchis à notre appel :
Écoute ! Le tambour partout bat le rappel !

Ton silence nous perd! Tu t'immoles toi-même!
Adresse aux citoyens la harangue suprême
Qui les ralliera tous dans un commun accord;
C'est l'unique moyen d'échapper à la mort!

ROBESPIERRE

Au nom de qui, Saint-Just, veux-tu que je m'adresse
Au peuple souverain, qui s'agite et se presse?
Car nous ne siégeons plus à la Convention;
Nous sommes hors la loi, devant la nation!
Mes amis, croyez-moi, respectons notre vie!
C'est la cause du droit que nous avons servie :
Restons-y jusqu'au bout, fidèles, sans trembler!
Impassibles, laissons la loi nous immoler!
Par là, nous donnerons un exemple sublime,
Celui de la vertu, qui souffre qu'on l'opprime
Pour le salut public et pour l'égalité!
J'affronte l'ironie où le sort m'a jeté,
Mais je ne consens pas, quand finit la journée,
A briser l'unité qui fut ma destinée.
L'aurore est loin déjà : je l'ai vue au lever!
De nombreux travailleurs se pressaient d'arriver.
Mirabeau, puis Danton!... Où sont-ils?—Dans la tombe.
A tous j'ai survécu! Le dernier je succombe;
Et j'emporte avec moi la Révolution,
Sans avoir, un seul jour, trahi ma mission!
Hélas! que voulez-vous que nous tentions encore?
Tout acte est superflu, puisqu'il nous déshonore.
Me comprends-tu, Saint-Just, toi si grand, toi si beau,

Qui jadis tant de fois m'a parlé du tombeau;
Toi qui me consolais par ta philosophie,
Ta sincère amitié, ta superbe énergie ?
Et vous tous, citoyens, fils de la Liberté,
Mes compagnons de gloire et d'immortalité,
Comprenez-vous pourquoi, cette nuit, Robespierre
Avec calme verra venir la mort altière ?

SAINT-JUST

Nos courages seront dignes de ta grandeur,
Et l'abîme entr'ouvert, malgré sa profondeur,
Ne saurait effrayer la Montagne abattue :
Puisqu'il s'agit d'honneur, nous boirons la ciguë !
Notre serment viril ne sera point trompeur,
Et nous succomberons sans faiblesse, et sans peur.
Mais il est dur pourtant d'échouer à la rive,
De laisser le navire aller à la dérive,
Après la traversée et la fureur des mers,
Et quand déjà l'on voit finir les jours amers.....

LEBAS

Entends-tu cette voix ? — Henriot nous délivre !
Allons ! Espère encor ! Fais un effort pour vivre !
N'es-tu pas remué par notre affection ?
A quoi servira donc notre immolation ?

HENRIOT, au dehors :

Citoyens, en avant ! Canonniers, à vos pièces !
Robespierre ! Le peuple... attend... que tu paraisses !

Dis un mot pour qu'il sache au moins te protéger !
La canaille triomphe, et vient pour t'égorger !

ROBESPIERRE JEUNE

Je t'obéis toujours, sans discuter, mon frère :
Dis-nous sincèrement ce que nous devons faire !

DUPLAY

Maître, je te suivrai jusque sur l'échafaud :
Je suis prêt à combattre..., à mourir..., s'il le faut !

COFFINHAL

Si j'avais ton pouvoir, je remûrais le monde,
Et sous terre ferais rentrer l'intrigue immonde !

PAYAN

Quel est ton dernier mot ? — Et tout est-il fini ?
L'incertitude pèse au peuple réuni !
Un silence plus long va lui paraître étrange !
Signe au moins de ton nom cet appel qui nous venge !

ROBESPIERRE

Vous le voulez ? — Eh bien ! — je vais signer aussi !
Mais que peut-il sortir de ce papier noirci ?

> Robespierre prend pour la signer une proclamation au peuple. Il écrit les trois premières lettres de son nom : *Rob....* Il hésite, il s'arrête. Puis, rejetant la plume et le papier, il s'écrie :

Non ! non ! je ne puis faire au peuple cet outrage
De provoquer ses mains à briser son ouvrage !
Nul sur lui n'a ce droit ! Que deviendrait l'honneur,

S'il fallait préférer notre œuvre à son bonheur ?
Amis, nous avons eu les mêmes espérances ;
Ma voix vous ralliait dans les grandes séances !
Écoutez mon conseil, pour la dernière fois !
Groupez-vous près de moi, sans peur, comme autrefois,
Et laissons les brigands déchirer nos entrailles !
Il me semble les voir, à travers ces murailles...

DULAC, dans l'escalier, derrière une porte.

Allons, soldats ! frappez : les rebelles sont là !

LÉONARD BOURDON, dans l'escalier, *id*.

Rome enfin va punir Marius et Sylla !

ROBESPIERRE

Ces scélérats hier tremblaient en ma présence,
Et, pour se rassurer, exaltaient ma puissance !
Si la porte est fermée, il faut la leur ouvrir !

SAINT-JUST

Tout est fini ! Silence !

ROBESPIERRE

Il nous reste à mourir !

SIXIÈME TABLEAU

Monologue

DE

ROBESPIERRE ALLANT A L'ÉCHAFAUD

ARGUMENT

Le 10 Thermidor, Robespierre fut amené blessé dans la salle du Comité de Salut public. Étendu d'abord sur une table, comme l'a représenté M. Lucien Mélingue, dans son magnifique tableau, il étancha sa blessure à la mâchoire, et, au moment où la foule était éloignée, il se leva, et alla s'asseoir dans un fauteuil.

C'est ainsi que le monologue qui suit doit être interprété.

**

Puisque nous avons nommé M. Lucien Mélingue, nous reproduirons ici ce que nous avons écrit ailleurs au sujet de son œuvre magistrale : *Le matin du 10 Thermidor*.

M. Lucien Mélingue nous représente Robespierre, amené blessé dans le vestibule du Comité de Salut public, le 10 Thermidor.

En ne se plaçant qu'au point de vue de la conception artistique, de la grandeur de la pensée, de l'expression philosophique des personnages, le tableau de M. L. Mélingue est une œuvre supérieure. Le souffle de la Révolution a passé sur cette toile. Le peintre a compris 93. Nous applaudissons à son talent de toutes nos forces.

Robespierre est étendu sur une longue table. Sa tête est appuyée sur un caïsson ou un sac de soldat ; ses bas de soie retombent sur des souliers à boucles, et laissent la jambe à nu ; sa fine chemise ornée de dentelle, son gilet légendaire, son fameux habit bleu de ciel, sont maculés de sang.

On sait qu'un gendarme stupide avait brisé la mâchoire du tribun d'un coup de pistolet. Le sang s'échappe de sa blessure. D'une main, Robespierre semble vouloir retenir la vie qui s'en va ; de l'autre, il semble au contraire vouloir abandonner la terrible puissance qu'il portait avec lui. Le regard a conservé la superbe énergie des grands jours, celle qui devait l'animer quand, obscur encore, inconnu, il commença à attaquer Mirabeau ; puis, dans la suite, le roi Louis XVI, puis Vergniaud, puis Hébert, puis Danton.

A son tour, il est tombé, mais il ne tremble pas. Dans ses yeux rayonne toujours le génie de la Révolution. Près de lui, ses amis sont assis, calmes, stoïques, attendant la mort avec sérénité. Au premier plan se tient Saint-Just. Toute sa personne respire la mâle fierté d'un Romain. Deux soldats, préposés sans doute à la garde des Conventionnels arrêtés, sont debout, l'air triste et interrogateur. De l'autre côté s'agite la foule qui envahit le vestibule, et qui veut contempler, dans sa chute, le redoutable logicien que la logique broyait après tant d'autres. Les uns raillent et insultent : des lâches! les autres observent, pensifs. On dirait qu'ils cherchent à deviner l'énigme de la destinée de Robespierre.

Énigme profonde, en vérité, et qui a tenté et tentera les historiens, les philosophes, les poètes !

Nous avons connu jadis une belle aristocrate qui s'usait, à prier, les genoux et les lèvres, comme dit Musset, qui parlait souvent de ses aïeux, combattants des Croisades, ne jurait que par son Dieu et par son *roy*, et qui cependant nourrissait une secrète faiblesse pour la mémoire de Robespierre. « J'aime son élégance, disait-elle, sa simplicité, sa pauvreté, son énergie... »

Si son regard est tombé sur le 10 *Thermidor* de M. Mélingue, elle a dû s'arrêter longtemps devant la tête mutilée de l'orateur jacobin ; et peut-être en s'en allant a-t-elle versé une larme craintive, émotion de femme qu'une boucle de cheveux défaite contrarie, qu'une dentelle chiffonnée irrite, qu'une main mal gantée met dans le désespoir..., qui sans doute aussi soupçonne, dans la vie d'hommes comme Robespierre, un problème qu'elle ne peut résoudre, mais qu'elle veut respecter.

Nous conseillons aux jeunes hommes nos contemporains de lire et de méditer le livre de Stendhal qui s'appelle *le Rouge et le Noir*. Ils trouveront dans ce chef-d'œuvre de premier ordre la solution indiquée du problème dont nous parlons. Ils comprendront comment peut s'allumer dans une intelligence la soif effrénée de la Justice, la haine implacable de la domination. Ils comprendront la puissance et la beauté d'un certain orgueil ; bref, ils sauront pourquoi il y a et il y aura toujours des Robespierre !

MONOLOGUE

DE

ROBESPIERRE ALLANT A L'ÉCHAFAUD

La scène représente Robespierre blessé, assis dans un fauteuil, dans
le vestibule du Comité de Salut public, le 10 Thermidor. —
Désordre. — La foule dans les salles voisines.

ROBESPIERRE

La mort vient. Je suis calme, et rien ne m'épouvante.
Le monde nous devra la Liberté vivante.
N'est-il pas consolant de penser que, plus tard,
D'autres auront du moins une meilleure part?
Je les sens tressaillir ces races fortunées
Qui se raconteront nos dures destinées,
Et qui, je le veux croire, auront un souvenir
Pour tous ceux qui jadis préparaient l'avenir.
Le soleil, qui descend à l'horizon, emporte
L'amertume d'un jour; mais, dans une âme forte,
L'espoir est immortel, et sacré l'Idéal!

Belle comme un rayon joyeux de Floréal,
Libre des vils calculs, et sortant de l'arène
Dans un rêve de gloire, elle plane, sereine...
J'ai vu se dérouler de grands événements :
Ici des lâchetés, et là des dévoûments !
La Révolution est un fleuve qui traine
L'ignominie avec la vertu souveraine...
J'ai combattu le vice, et j'ai compris combien
Les scélérats ont peur devant l'homme de bien.
Il est doux de venger l'opprimé qu'on délaisse,
Et d'éclairer la route où pliait sa faiblesse !
Je meurs donc sans regret. J'ai dit la vérité.
J'aperçois le flambeau de l'immortalité
Qui brille, et qui rayonne autour de ma mémoire.
J'ai vécu pour le peuple, et je tombe avec gloire.
Saint-Just avait raison de mépriser la mort,
Car celui qui la brave est plus grand et plus fort :
Il s'élance, intrépide, au milieu de l'abîme,
Et plante son drapeau sur les débris du crime !
J'ai connu l'amitié : j'ai tressailli d'amour :
C'était un rêve heureux, et j'en voyais le jour
Approcher à travers l'ombre de la mêlée...
Mais le drame est resté : l'idylle est envolée !
Que d'esprits généreux succombent avec moi,
Fidèles jusqu'au bout au devoir, à la loi !
Que de héros la mort, à cette heure, moissonne !
Saint-Just qui ne plia jamais devant personne,
Lui, l'orgueil et la fleur de la Convention,
En qui semblait marcher la Révolution !...

Payan, Couthon, Lebas, mon frère !... cœurs sublimes !
Tes martyrs, ô Justice ! — O peuple ! tes victimes !
Patriotes ardents, toujours prêts à m'aider,
Et qui de vos conseils aimiez me seconder ;
Mes amis les plus chers, mes hôtes dans la lutte,
Je vous entraîne aussi, sans doute, dans ma chute !
J'admirais vos vertus, vos ardeurs, la fierté
Que donne le travail, et qui fait sa beauté !
Quel sort t'est réservé, ma chaste fiancée,
Craintive Éléonore, aujourd'hui délaissée !
Et toi, peuple abusé, que vas-tu devenir ?
Les fripons, pour te perdre, ont pu nous désunir :
Nous tombons, il est vrai, mais tu reçois l'injure.
Nous avons préféré la mort à la souillure !
Tu t'en apercevras ; mais il sera trop tard :
Dans la poussière, alors, prenant notre étendard,
Tu finiras la tâche en ces jours ébauchée,
Et tu posséderas l'énigme recherchée !
Allons ! monte au zénith, soleil de Thermidor !
Devant cet échafaud, je te salue encor !
Tu te trompais, Danton ! Le juste qui succombe
Ne meurt pas tout entier, en entrant dans la tombe !
Le néant n'est qu'un mot vainement répété,
Et la mort nous conduit à l'immortalité !
O postérité froide, ô penseurs de l'Histoire,
Dressez, pour nous venger, le temple expiatoire !

TABLE DES MATIÈRES

Paris. — Charles Unsinger, imprimeur, 83, rue du Bac.

www.ingramcontent.com/pod-product-compliance
Lightning Source LLC
LaVergne TN
LVHW020051210726
843507LV00015B/499